人間至情

曾永義 王瓊玲 新編劇本集

曾永義、王瓊玲　著

《二子乘舟》

▼**代兄殉死** ——公子壽（魏伯丞飾）

▲哭悼知己 ——太子伋（趙揚強飾）、公子壽（魏伯丞飾）

▲宣姜悔恨 ——宣姜（朱民玲飾）

▲齧臂別母 ——吳起母（張化瑋飾）、吳起（曾漢壽飾）

▲殺妻求將 ——吳起（曾漢壽飾）、吳起妻（郭勝芳飾）

▲凝眸自我 ——吳起（丁揚士、曾漢壽飾）

◎圖片來源：國立臺灣戲曲學院

序《人間至情》

——寫在曾永義、王瓊玲合編戲曲集之前

中央研究院院士、臺灣大學特聘研究講座教授、世新大學講座教授　曾永義

「人間愉快」是我長年體悟的「人生觀」，我有專文論述，大意是說：人生天地之間，無須追求我佛西方，也不必企慕耶穌天堂；但於有生之日，於社會人群之中，培養擔荷、化解、包容、觀賞四種能力，便能夠現世種福田、現世享福果，過著仰不愧於天、俯不怍於地、自由自在、舒舒服服的生活。

而這油油然從心中泉湧而生的愉快，就人際關係而言，雖有親情、愛情、友情、人情之別；而其境界之極致，則皆為「至情」。瓊玲和我合撰的這三種戲曲劇本，即就此理念創構情節、副以文采、搬演於氍毹之上，用以宣達旨趣。

這三種戲曲劇本，含崑劇《二子乘舟》、《雙面吳起》二本，京劇《卓文君與司馬相如》一本。若切合主題與文學藝術之成就而論，則《二子乘舟》實為代表作。因為其關目，以春秋衛國宣公「新臺之惡」為主軸，敘寫衛世子伋及其兄弟公子壽之為世人歌誦，流傳至今之「至情至義」。《雙面吳起》則透過吳起棄母不臨喪、殺妻以求將，卻是個治世之能臣、戰功彪炳不出世的「雙面」性行，反思「人間情義」的底蘊內涵；而《卓文君與司馬相如》，則不止作「才子佳人」來寫，更還原司馬相如之「文人無行」與卓文君之「勇於追愛」，以還其本來面目，原來他們不過是一對「尋常夫妻」所呈現的「人間百態」之一，因之從夫妻尋常瑣事中，亦能體現「人間至情」。也就是三劇瓊玲都就史事與傳說，重新審視，以表彰其所生發出來的現代意涵。

所幸與瓊玲共同合作，理念旨趣相合，她雖有謝女詠絮之才、曹大姑為乃兄班固續《漢書》之學；所作散文小說為暢銷書，學術論文為陳慶浩與大陸同行前輩所稱許；而創作起劇本來，則更認真的先行探索功夫，創構謀篇，尤其發揮才情以出人意表。自從二〇一三年我們隨臺灣豫劇隊在河南鄭州巡演時，她向我表示有意願嘗試戲曲編劇，希望能協助教導她。我一向好為人師，何況她是我東吳大學任教戲曲課及門弟子的佼佼者。從此我們師生成為戲曲劇本創作的夥伴。她由此行走各劇團與各劇種劇本的編撰，已有客家採茶戲、歌仔戲、河南梆子、舞臺劇、電臺廣播劇等的演出，而且屢獲金曲獎提名乃至得獎，真是旭光東昇，我為她感到欣慰而高興。

最近因新冠疫情，我隱居寓所，又有與瓊玲合編崑劇的念頭，以戰國四公子之一「信陵君」作題材，為臺灣國光劇團臺柱崑劇演員唐文華、溫宇航「量身定製」。我已有好些劇本在國光劇團、臺灣戲曲學院崑劇團、北京北方崑劇院、南京江蘇崑劇院、鄭榮興客家採茶劇團、廖瓊枝薪傳歌仔戲劇團，以及臺灣豫劇團演出過。其中像豫劇《慈禧與珍妃》，崑劇《梁祝》、《孟姜女》、《李香君》、《楊妃夢》等曾在北京、上海、南京、廈門、鄭州、佛山、烏魯木齊等大城巡演過。崑劇被顧聆森先生論為「新編崑劇曲範」，《梁祝》、《慈禧與珍妃》還獲得年度「金曲獎」與「金鐘獎」。瓊玲和我都「與有榮焉」。只要有機緣，我們還會「樂此不疲」，合作下去。

二〇二一年八月十四日晨五時曾永義序於臺北森觀寓所

人間至情

曾永義　王瓊玲

新編劇本集

新編崑劇　良將與惡魔：《雙面吳起》

新編京劇《人間夫妻》：卓文君與司馬相如

新編崑劇

情與欲：《二子乘舟》

情節創構：王瓊玲

崑曲填詞：曾永義

新臺伐惡春秋筆
——我編撰崑劇《二子乘舟》

曾永義

我所編撰的崑劇《二子乘舟》，其故事記載於《左傳》魯桓公十六年 (676 B.C.)，迄今已近兩千七百年。不止《史記．衛康叔世家》、《列女傳．衛宣姜》、《新序．節士》等漢籍也都敘及，更被《詩經．邶風》之〈新臺〉、〈二子乘舟〉，以及《鄘風》之〈君子偕老〉、〈鶉之奔奔〉、〈桑中〉等詩篇所歌詠。可見其事在當時即喧騰人口，而且傳播久遠。直到現代，「新臺之惡」還被當作典故成語在運用。

這件真人真事的史實，大致是這樣子的：春秋時代有個最不倫的君侯，叫衛宣公，他不止上烝庶母夷姜，生世子伋，還在為伋娶齊女姜氏時，聽說姜氏貌美，就先在黃河邊建造可供遊觀享樂的「新臺」，一等姜氏進入衛國境內，即將她攔截，留置其中，奪為己有；而命世子伋別娶，使得夷姜為此悲憤，自縊而死。姜氏既為衛宣公夫人，史書就緣例稱她「宣姜」。宣姜生二子，一名壽，一名朔。壽情性與伋同樣仁厚，彼此友愛；朔陰狠有如乃父。宣公與宣姜、朔共謀奪嫡，乃命伋出使齊國，擬殺之於舟中或邊界莘。壽知其情實，追伋至黃河舟中，勸伋勿往，並代為抵禦刺客。伋以父命不可違，堅持使齊。壽乃醉之以酒，持其旌節，代伋赴死；伋後至，亦被所埋伏之群盜射殺。衛國人對其君侯宣公和夫人宣姜所作所為甚感厭惡，便作〈新臺〉等詩加以譏刺；而對於世子伋和公子壽的弟兄爭死之情甚為哀思，便賦詠〈二子乘舟〉來悼念他們。

我在劇本開頭，以一首七律，傳達全篇旨趣：

二子乘舟泛遠行，願言書憤淚縱橫。
有兄有弟堅仁義，無父無君任死生。
滅絕天倫沈慾海，機關巧設鑄污名。
新臺伐惡春秋筆，譜入水磨千古情。

就因為旨趣在表彰世子伋和公子壽的兄弟至情，所以就用《詩經》〈二子乘舟〉作為劇目，並藉以討伐衛宣公的「新臺之惡」。

且來看《詩經》〈二子乘舟〉的詩句：

二子乘舟，汎汎其景。願言思子，中心養養。
二子乘舟，汎汎其逝。願言思子，不瑕有害。

詩中「二子」之「子」是古代對男人之美稱和尊稱。「二子」指衛世子伋和公子壽。「汎汎」通「泛泛」，漂浮搖蕩的樣子。「景」，讀為「憬」，遠行之貌。「願言」，因顧念而，「言」為語助詞。「養養」，讀為「漾漾」，憂心不定貌。「逝」，逐漸遠去望而難見之貌。「瑕」為語助詞，如白話之「啊」！全詩譯文如下：

我們敬愛的世子和公子啊！
你們弟兄在黃河上乘著舟，飄飄蕩蕩的遠行。
我們顧念你們，更擔憂你們啊！我們心中不禁七上八下起來！
我們敬愛的世子和公子啊！
你們弟兄在黃河上乘著舟，飄飄蕩蕩的遠去，在我們遙望中逐漸消逝。
我們顧念你們，更擔心你們啊！希望你們平安無事，不要遭遇禍害啊！

詩中流露著衛國百姓對伋和壽兄弟的無限關懷和擔心。

戲曲的題材內容，大抵有歷史、傳說、政治、社會、宗教神魔，以及世俗生活中之家庭倫理、悲歡離合，尤其是男女愛情婚姻故事。其所涉及，真是大千世界中所發生的大小事物，無奇不有。而我比較喜歡用歷史和傳說作為編劇的題材，緣故是它們一方面可以滿足我的學問癖，先做一番考述來龍去脈的研究，好能言之有物的在「以實作虛」的原則之下，適當的加些油添些醋，使之假藉舞台，再現昔日光景。另方面也可以為己藏拙，因為我才情淺薄，沒有閉門造車、杜撰賣空以反映或嘲弄現世的本事；也因此反而可以防患前後矛盾、罅漏百出，或一廂情願、令人不知所云的弊病。

所以縱觀《二子乘舟》六齣戲裡，其二齣〈新臺巨變〉、五齣〈二子乘舟〉兩齣骨幹戲，可以說是幾同史實的敷演，尤其〈新臺巨變〉一齣，排場三轉，融匯史書諸多情節，以緊湊之步調，彰顯討伐宣公之罪惡；而三齣〈愛恨交織〉與四齣〈小宴陰謀〉，則可說是「虛實參半」，其所以「虛」，乃於承上啟下之鋪敘渲染，使劇情可以骨肉均勻的轉折發展。至於首尾兩齣，〈風雪堅盟〉與〈追悔莫及〉，只因為全本崑劇，必以生旦為主軸，而本劇既以世子伋為生、夫人宣姜為旦，伋又曾質於齊，所以便想當然爾的造設他們之間在齊可能的戀情，以強化宣公奪媳之惡；末後又設想宣姜在情人世子伋、親生兒公子壽、丈夫宣公死後，撫今追昔的悲涼心境，使她唱嘆「為人莫作女兒身，百年苦樂由他人」的憾恨。

對於史事，尤其是像宣姜那樣遙遠故實的記載，文獻自然容易支離破碎；而如何將它們串連彌補成篇，使之筋肋分明、針線照映，從而引人入勝，就非易事；而對於妨礙主題的情節，尤其要善於剪裁去取，以免累贅枝蔓，則更加艱難。對此，前者就本劇而言，已見上文舉例；後者如以宣姜生平而論，本劇就避免了她與宣公之兄公子頑的曖昧私情，並刪除了齊人使世子伋之同母弟昭伯強行烝淫宣姜而生了齊子、戴公、文公、宋桓夫人、許穆夫人這些「後事」，為的就是要使「情節明淨」，突顯主題。

以上所述本劇情節關目的布置刪補去取的編撰手法，都是出諸及門王瓊玲教授，她在中正大學講授《左傳》和《史記》，向我建議以伋與壽感人的事跡作為劇目。她又是位暢銷小說家，善於結構生發情節，由她分場建設綱領，最為適宜不過；然後我再緣此以設計排場，選宮擇調以填詞，就省事多了。近年我以整理學術論著為「正業」，無暇對所編劇目，先行作「研究」的功夫，真感謝瓊玲助我，使我只花了一星期就完成崑劇《二子乘舟》的文本。

我一向以南雜劇的體製規律來編撰崑劇新劇目，其理由有二，其一是：以北雜劇為母體，從而與南戲文交化形成的混血劇種南雜劇，具有南北戲曲音樂的質性和長處，宜於豐富聆賞；其二是：南雜劇的長度不超過十一齣，我編為六七齣，在兩個半小時之內可以演完，以適應現代人觀劇的習慣。至於填詞嚴守曲牌「八律」，則是我一向的主張。也只有如此，才能使蘇州大學的周秦教授譜起曲來，有十足的崑味。我和周教授已合作五次，文化部傳統藝術中心於二〇一六年四月已委託臺北國家出版社，為我們出版了劇本與五線曲譜對應的《蓬瀛五弄》；那麼這齣新編新譜的《二子乘舟》，就是我們共同完成的「第六弄」了。我們對彼此的「相得益彰」，都很珍惜。

大家都知道崑劇是我國最精緻的表演藝術和最優雅的韻文學的高度融合，是我民族藝術文化中的瑰寶，已被聯合國列為第一批人類非物質共同文化遺產。可見其文化地位是何等的崇高，藝術價值是多麼的珍貴；而這也是迄今我九度為它編劇、周秦教授為它六度譜曲的原因。

新編崑劇《二子乘舟》將於明年（二〇一八）十一月八、九、十三天，由臺灣戲曲學院京崑劇團，假臺北城市舞台首演。朱民玲、趙揚強擔綱，他們長年搭檔，默契極佳，其藝術早蜚聲兩岸，相信觀眾蒞臨觀賞，不會失望。

二〇一七年十月一日下午六時於臺北森觀寓所

二子乘舟

——是人慾橫流、也是義薄雲天

國立中正大學中文系教授　王瓊玲

我是一個激昂澎湃、亂糟糕一把的人。

寫《待宵花》，八二三系列的小說，就衝進金門、廈門的砲戰現場。描摹歷史劇、本土戲，就去偷窺不同時代、不同地域的歡喜與悲涼。編寫京劇《齊大非偶》中，外號「春秋潘金蓮」的文姜時，又替她心痛心慌。暗地裡，千呼萬喚，只想喚醒一隻迷途的羔羊。

如今，與恩師中研院院士曾永義教授合作，投身崑劇《情與欲：二子乘舟》的編創。由學生我先裁剪文史、打底立基；再創構情境，粗擬科白、草寫曲文大意。此時，面對著：被孔子《春秋》所記錄的梗概、左丘明《左傳》的精彩素描、《詩經》詩人們的反複吟詠、《史記》如椽之筆的刻畫；二千多年來，又一再被後人所引用、責備、嘲弄、痛惜的史事與人物。那——就不是用哭、用笑、低迴呼喚，就可以呈現與救贖的歷史情仇、生命滄桑了。

因為——全面失控的春秋時代，翻騰著呼天嘯地的情感與欲望。

我真的無法撫慰太子伋一生的坎坷與慘傷。

因為，在婚禮的前夕，他最愛的新娘，竟然被生身之父所搶奪；而生他、育他的慈母，悲憤交加，不惜以自戕來死諫丈夫。歷史舞台上，一紅一白、一婚一喪，被迫同時並行。後來，當太子的生命已然千創百孔時，唯一知他、痛惜他的知己：卻為了要救他，不惜慷慨捨身，奔赴死亡的幽谷。

太子伋的世界，一大塊一大塊崩裂、塌陷了。一個個他所摯愛的人，都要索他的命、催他的魂。天地縱然遼闊，可還有他的容身之處？

而宣姜！她是文姜的親姊姊，這一對齊國的公主姊妹花，儘管美豔成雙，命運卻是慘烈淒愴。比起亂倫殺夫的妹妹，宣姜或許更令人同情一些。因為，當年懷春的妙齡少女，欣欣然出嫁，要與熱戀的衛太子廝守一生。沒想到，卻被醜陋到像隻大蟾蜍的公公，半途攔截，幽禁於新臺。她的天地從此變色、生命也因此晦黯無光。

十多年後，昔日的情侶再度重逢，人事卻早已全非。宣姜今生唯一摯愛的太子，只能含悲忍恨，口口聲聲喊她為母親，誠惶誠恐的敬她是君夫人，斷然拒絕了她的示愛與求援。

沒錯，她日夜等候的英雄，不過是個禮教的懦夫；她忍辱偷生的目的，竟演變成莫大的笑話。也難怪，眨眼之間，她就變了，變成了陰狠兇殘的可怖女人，不惜對著昔日舊愛，步步追殺。

宣姜心碎後，對命運與世道做出了強烈的反擊。她打的是武俠小說中的「七傷拳」——招招可致敵人於死地，卻也拳拳斷送自己的生路、重傷自己的命脈。

而公子壽、公子朔二人呢？他們雖是宣公、宣姜所生的親兄弟；但個性氣質、處世態度卻是天差地別。

公子壽堪稱滔滔濁世中的「翩翩佳公子」。他稟性仁慈、行事果斷。當得知父親、母親、小弟三人聯手，要以連環毒計，殺害同父異母的大哥太子伋時。他快馬加鞭，奔赴黃河渡口，阻攔太子持白旄節，出使齊邦。阻攔不住時，他乾脆縱身一躍，跳入舟中，伴隨太子泛流同行，並一一擊退潛伏在水浪中的奪命刺客。

然而，毒計是連環的，不只安排在黃河水路呀！

衛、齊交界的「莘野」山谷，埋伏著一群挾弓弩、執長戟的恐怖殺手。只要見到乘軒車、持白旄節者，一進入幽谷，就會立刻萬箭齊發，格殺勿論。

當公子壽陪太子伋泛舟中流時，他掀開家族的陰謀，懇請兄長登岸逃亡。而此時此刻，太子萬念俱灰，豈會懼死求生？於是，公子壽悲憫兄長的遭遇，痛心父、母、弟的絕情。他毅然決然的灌醉太子，竊持白旄節，奔赴莘野，甘心代兄而死。而太子酒醒之後，急急策馬馳救，卻是為時已晚。悲慟到極點的太子，再度高舉白旄節，撕肝裂肺的仰天大呼：「**來殺我吧！我才是真正的太子**」，讓無情箭穿透有情身，陪伴著知己弟弟，共赴黃泉。

《詩經》中，疾惡如仇的詩人，用黑色幽默的筆法，寫下了〈新臺〉一詩，徹徹底底嘲弄了衛宣公奪媳的醜事。但是，也有溫柔敦厚的詩人，吟詠了太子伋、公子壽兩兄弟的〈二子乘舟〉。詩中讚頌、疼惜，甚至警示、祝福、補恨的口吻，數千年之後，依舊讓人柔腸百轉、欷噓不已！

而我們現代人呢？昭昭史事，殷鑑不遠！我們能做些甚麼？又能做到甚麼？

愛恨那一段歷史、愛恨這一群人物——那是必然的。也因此，我一直反覆讀它、想它、琢磨它；卻也一直深深的怕它、壓它、逃避它。

因為呀！這一股從經、史、詩、文，所傳下來的震撼力道，真的是雷霆萬鈞，絕不輸給古希臘、羅馬、中世紀、日本、莎士比亞的任何一齣悲劇了。因此，將其編創成戲劇時，倘若稍有差池，那就唐突古人、貽笑方家了。

一直到讀了西諺：「**悲劇——可以蕩滌人類的靈魂**」一句，我才幡然醒悟。

既然，一齣悲劇，可以把閉塞的世界打開、培育出希望的種籽；又可以滌除身心的污垢，回歸到赤子的靈明澄澈。那麼，我們何必因為愛它、痛它、惜它而躲它、漠視它、冰凍它呢？

於是，我飛馳著想像的翅膀，嘗試著與劇中人談心、交心，期待挖掘出他們生命底層絲絲縷縷的渴望；然後，再竭力去對照、呼應詩文、史冊中的描繪；企圖補充或翻轉後人對他們的印象。

沒錯，這段真人實事，雖是人慾橫流，卻也是義薄雲天！

也因此，劇本中，我們不做教條式的斥責、不進行哭嚎型的悲悽。因為，進入劇場的觀眾，人人心中都有一把細膩的量尺、一桿公正的桿秤。

衷心盼望這些人物、那些史事，可以從經、史、子、集的方塊字中，甦醒過來、跳躍出來；幾千年來，不管是含恨沉寂或騷動吶喊的靈魂，都重新再活過一遍、重來一回。

是的，再活過一遍、重來一回。

藉由聯合國教科文組織所認定的「世界人類文化遺產——崑劇」，期求一場又一場的演出，讓古與今、經與史、藝與文，全都水乳交融；讓二十一世紀的眼睛，可以凝視二千七百多年前的愛恨情仇；可以觀察衛宣公、宣姜、公子朔、刺客、殺手等反面人物，在耍狠弄權、殘害生命時，內心是不是折磨著恐懼與懦弱？而太子伋、夷姜、公子朔在抉擇生死時，是不是蘊藏著不悔的溫柔、不折的剛強？

《二子乘舟》的編創及演出，都正值深秋。我腦海裡，時時浮現王維的詩句：「**寒山轉蒼翠，秋水日潺湲**」。忍不住深深感懷：能親炙「世界人類文化遺產——崑劇」的優美，是編導者、演出者、觀賞者的幸運；然而，若能守住先祖輩苦心經營的「遺產」，進而積累發揚，策動為源源不絕的「資產」，應是我們文化人共同的心願、努力的目標了。

二〇一八年十一月八日清晨

王瓊玲序於臺北城市舞臺首演前夕

人物表

一、衛太子（生）：姓姬，名伋。父衛宣公❶，母夷姜。外形俊美，個性善良仁厚。境遇多舛，歷遍愛情、親情最不堪之痛楚。

二、宣姜（旦）：出身齊國公主，美豔動人，與衛太子相戀，卻被迫與公公衛宣公成婚。史稱宣姜。宣姜生公子壽、公子朔。婚前為溫婉多情之少女；愛情破滅後，一度轉變為自私陰狠之母親。

三、衛宣公（淨）：姓姬名晉。諡號「宣」，史稱衛宣公。外型醜陋、個性暴虐。上烝庶母、下佔子媳。屢設毒計，無所不為。

四、夷姜（貼旦）：本是衛宣公的庶母，被強娶為妻，生衛太子伋。後因無法阻止丈夫奪媳的醜行，又悲憐兒子的遭遇，自縊而亡。

五、公子壽（小生）：正直，孝順友愛，慟家門巨變，不惜死諫。

六、公子朔（副淨）：一心想篡奪太子位，不惜殺害同父異母的太子。

七、柳兒（小旦）：夷姜、宣姜之侍女。良善、識大體。

八、詩人（末）、孩童、刺客、船夫、工人、衛士、宮女數人。

❶ 劇本敘述中，為避免人物混亂，故採用正史之諡號。對白中，除非劇中角色已死，否則不稱其諡號。

序曲

（燈亮，大幕投射本劇重要情節影像。）

（末扮詩人，坐台上，彈琴介）（幕後崑腔合唱）

二子乘舟泛遠行，願言書憤淚縱橫。
有兄有弟堅仁義，無父無君任死生。
滅絕天倫沈慾海，機關巧設鑄污名。
新臺伐惡春秋筆，譜入水磨千古情。

一　風雪堅盟

（幕啟，場上雪景。）

衛太子（內唱）：黃鐘過曲【降黃龍】暢好是並轡成雙。

（旦扮宣姜❷（齊公主）、衛太子扮衛太子，斗篷行裝，並轡策馬，侍女、兵士隨行。中途下馬介。）

衛太子（接唱）：瑞雪紛飛，總堪遊賞。喜佳人顧我，不辭渡關山、遠送還鄉。

宣　姜（白）：公子

（接唱）：且盡離觴。何須悵惘。感君恩、情意縣長。盼得那、齊眉舉案，地老天荒。

（白）：燕婉之求，妾望眼欲穿。郎君三年質齊，衛齊兩國為之同盟和好，今功成而臨歧，回想

---

❷ 宣姜未婚前，本是齊國公主。為了避免名稱混亂，劇中敘述時，一律稱宣姜；對白中，則依其當下身分及劇情需要稱「齊姜」或「公主」、「夫人」。

蒙君垂愛，朝夕相惜，好不甜蜜也！

（唱）：【前腔換頭】蕉窗，夜雨宮商。共守孤燈，你我詩吟句響。花朝月夕，依偎著、燕舞鶯翔。

衛太子（白）：公主！

（接唱）：悠揚，輕舟蕩漾。歌韻美、調弄笙簧。唯願取、心誠意懇，鳴和鸞凰。

衛太子（白）：啊！公主！在下質齊三年，形單影孤，蒙公主垂憐，殷勤照拂，相欣相顧。我何德何能，而受佳人寵惠如此！敢對公主盟誓：皇天有鑒！此志如金石。待我回國，必備六禮，親來迎娶，以期地久天長！

宣　姜（白）：太子！

衛太子（白）：公主！

宣　姜（白）：郎君！切記要及早前來！

衛太子（白）：定會及早前來！公主請回去吧。

（倆人相依偎，深情款款。）

宣 姜（白）：郎君！妾再送君一程。

（起音樂）

（衛太子、宣姜上馬繼續馳行，兵士、侍女隨介。忽地狂風驟起，兵士、侍女東倒西歪；衛太子、宣姜下馬介，相扶相持介。）

衛太子（白）：啊公主！這裏就是齊衛交界莘野，盜賊出沒，險惡異常。啊公主！相送千里，終須一別。就請公主就此回轉，免教我掛心！

宣 姜（白）：哦！這就是莘野！你我分別之處麼？

衛太子（白）：嗯！

宣 姜（白）：緣何狂飆乍鳴，莫非有不祥之兆邪？

宣 姜（唱）：【黃龍滾】忽然別意長，忽然別意長。教我心難放。莘野飆狂，這莫非徵兆生波浪。但願是癡人說夢，憂生妄想。風過處，地安寧，這天晴朗。

衛太子（白）：啊！公主！天地變化無常，自古而然，且莫過慮。呃……就算天塌下來，為公主，我也會雙手撐起；地墳起來，為公主，我也會雙腳踏平。啊！公主！我一輩子會呵護你呵！

衛太子（唱）：【前腔】管他天反常，管他天反常。我兀自能承當。莘野飆狂，恰驪歌奏助高聲唱。你且寬懷，待迎娶，便入鴛帳。

宣　姜（白）：郎君！快快前來，莫教我盼望！

衛太子（白）：不日就來！公主保重！

宣　姜（白）：郎君！

衛太子（白）：公主！就此告別了！

宣　姜（白）：郎君！珍重！

（燈漸暗）

（第一場結束）

二 新臺巨變

丑甲（內白）：弟兄們！

丑乙、丙、丁（內白）：哎！

丑甲（內白）：新臺就要完成了

（燈漸亮。淇水畔，衛國臣民正加緊構築「新臺」，準備迎娶齊國公主。小吏監督，工匠執工具，或挑土、夯地，或鋸木、抹壁，顯現為太子大婚之歡欣氣氛。）（丑扮監工小吏，小丑扮工匠數人。）

群丑（唱）：正宮過曲【柳穿魚】新臺偉麗入雲霄，百姓不辭辛苦勞。都為俺家賢太子，大婚絕色美人嬌。齊努力，樂陶陶。只圖公主瞧一瞧。

群丑（笑介）：哈哈哈……

小丑乙（白）：哎！大哥，你說公主美麗，怎見得她多美麗哪？

小丑甲（白）：你們且聽我說！（作清喉聲介）（嗽唱）（數板）

齊呀齊公主，姜氏好女，太公後裔。

能歌舞，善琴棋。顧盼生姿呀，婀娜多儀。
牡丹芙蓉，哪有她美麗，是哪有她美麗！

小丑乙（白）：咳！我們太子！也不賴呀！

群　丑（白）：哦！

小丑乙（白）：（嗽唱）（數板）

我太子，苦民所苦，饑民所饑，百姓望之似虹霓。
他玉樹臨風，瀟灑俊逸。蒼松翠柏，也難相比。
返國後，他忙迎娶。築新臺，是趕工忒急。
要與那公主，鳳凰雙棲呀，鳳凰雙棲。

小丑甲（白）：好一對才子佳人呀！

群　丑（白）：（笑介）是呀！是呀！哈哈哈……來！且看我們弟兄的！

（小丑甲、乙、丙、丁齊起身勞作，且舞蹈且同聲嗽唱）：

挑重擔，量土地。抬樑柱，奠礎基。

建樓閣，畫牆壁。忽地一座新臺，雄偉壯麗。
賀呀賀太子，娶呀娶嬌妻。
舉國上下，歡喜無比，是歡喜無比。

小丑甲（白）：哎！弟兄們你們看……新臺完成了。

眾　丑（齊聲讚歎）：哎呀！真是瓊樓玉宇莫能及，紫府瑤池似仙都哇！

群　丑（白）：（笑介）哈哈哈……

（侍女柳兒，率三五宮女端盤入場）

柳　兒（白）：眾位師傅！你們辛苦了！君夫人備有小食，請吃點兒點心、歇歇腿。

（柳兒率眾宮女暗下）（眾丑拱手，齊聲對內喊介）

眾　丑：多謝君夫人恩賜！（眾丑竊竊私語介）

小丑甲（白）：哎呀！這真是有其子，必有其母。好個仁慈的君夫人哪！

小丑乙（白）：哎！你的「遺傳學」是否顛倒了！要說「有其母，必有其子。」哎！不對呀！應該說「有其父，必有其子。」可是我們那貪美色、亂人倫的壞君侯，怎麼生得出這麼一個循規蹈矩、仁孝無雙的好太子來呢？

群　丑（白）：（同介）是啊！

小丑丙（白）：雖然說「龍生龍、鳳生鳳，老鼠的兒子會打洞。」可是也有反遺傳的呦！

群　丑（白）：（同介）怎麼反遺傳哪？

小丑丙（白）：「歹竹出好筍」（臺語）哪！

眾　丑（齊聲白）：哦！「歹竹出好筍」（臺語）哪！

小丑丁（白）：哎！列位、列位……你們可知？咱們君夫人她……原是君侯的庶母啊！

群　丑（白）：（同介）啊？

小丑丁（白）：是咱們君侯，逼通庶母，生下了太子的。

（眾小丑作噤聲，左右小心瞻顧狀。）

小丑甲（白）：哎！啥是「庶母」啊？

小丑乙（白）：君夫人本是先君衛莊公的侍妾。咱君侯他呀！強佔父親的妾，當作自己的妻！

（眾小丑七嘴八舌）

小丑丙（白）：哎呀呀！這不是小無恥，是亂倫的大無恥呀！

眾小丑七嘴八舌（白）：是啊！無恥！無恥！

（柳兒率眾宮女暗上。斥責）

柳　兒（白）：喝！說八卦、扯是非，撕爛你們的嘴！

群　丑（白）：（同介）哎喲……

眾宮女（白）：撕爛臭嘴，打斷狗腿，撕爛臭嘴，打斷狗腿。

（打鬧中，眾人離場。哀怨音樂悠悠響起。）

柳兒弔場（白）：唉！這群村夫野漢，怎知侯門女子，身不由己的苦！君夫人她豈是自願的！多年來，

她……也是生不如死啊！（暗下）

（燈漸暗。燈又緩亮，君夫人夷姜在舞台上）

夷姜（白）：這新臺之上呵！

（唱）：越調過曲【祝英台】看那玉瓊樓、龍鳳閣，繞翠柳、曳春波。戲水錦鯉，交頸紅鴛，便著意弄婆娑。消磨。我歎韶華忍辱空流，悲好夢驚惶虛過。叵奈這無限恨，卻難解雙眉深鎖。

（柳兒暗上）

柳兒（白）：夫人！夫人！夫人！太子就要大婚了，您應該高興才是，怎麼反倒愁眉雙鎖了呢？

夷姜（白）：唉！「為人莫作女兒身，百年苦樂由他人！」

柳兒（白）：夫人！君侯築就這座新臺，富麗堂皇，就是要太子迎娶齊公主，共享天倫的。您……不要再回想往日悲傷的事了。

（唱）：（帶白：夫人哪！）【前腔】您應欣可。莫閒愁，須壯闊。管他往事為誰撥。且看太子英姿，公主花容，真箇珠聯璧合。

宣　姜（接唱）：（帶白：唉！柳兒！）
想因果。恐天倫、再覆前車，憂罪業、無端烈火。到那時，羞向人間評跛。

夷　姜（白）：柳兒！知夫莫若妻，君侯近日眼神閃爍，言不及義。只怕他……又有傷天害理的詭計。

柳　兒（白）：莫非……

（雜扮內侍喊）：君侯駕到。

（淨扮衛宣公喜孜孜入場。雜扮太監隨上，再下。）

（夷姜、柳兒、行拜見禮。柳兒暗下。）

夷　姜（白）：臣妾拜見君侯。

衛宣公（白）：罷了。

（四顧介）這新臺也呵！

（唱）：【憶多嬌】是安樂窩，瑞錦窠。便美色當前還管什麼！莫教流年彈指過。得意自高歌，縱欲不嫌多。誰敢道、君侯惡魔？

（白）：與齊國婚聘結盟，我衛邦聲勢如日中天。聞聽那齊公主，乃姜氏好女，美貌傾城、花羞月閉。不由我，心癢癢，意亂神迷。

夷　姜（白）：啊君侯！一之為甚，豈可再乎？萬萬不可！

衛宣公（白）：有何不可？哈哈哈……

夷　姜（白）：齊國公主是你的兒媳，你是君侯、你是公公啊！

衛宣公（白）：婦人之輩，知道甚麼？

（唱）：【鬥黑麻】婦女卑微，我善於調唆。玩物為輕，我可摩可挲。她明如月，艷似羅。翩若驚鴻，柔比寒波。縱冰心玉貞，也難逃我這色魔。憶昔花前，憶昔花前，（帶白：哈哈！妳這沉魚落雁的庶母啊！）不也與俺攪和。

衛宣公（白）：（笑介）哈哈哈……夫人！妳深知我這「德行」，早已嵌入骨髓。妳難道忘了，我從先君宮裏，將妳冊為君夫人了麼？眼前的齊公主步妳後塵，又有何妨啊！哈哈哈……

夷　姜（白）：恨當初我無力反抗，悔恨至今。君侯！切莫一錯再錯，強佔子媳，天理難容！

（夷姜哀號跪求，衛宣公盛怒推倒在地。）

衛宣公（白）：哼！人老珠黃，還來糾纏。

夷　姜（白）：君侯……

衛宣公（白）：與我滾！來人！

（內侍上）

衛宣公（白）：傳令太子，另娶新婦。將齊公主留駐新臺與寡人成親。

（笑介）哈哈哈……

夷　姜（白）：（呼介）君侯……

（衛宣公得意，搖擺下場。內侍隨下）

（夷姜震撼、痛苦、傷心、絕望，如昏似迷，悠悠醒來。）

夷　姜（白）：恨君侯，上侵下奪，天良喪盡；怨當初，弱女無憑，百般吞忍；到頭來，醜事頻添，啞口難申。哀太子，惡父欺凌，虎嘯狼狺。問蒼天，我罪我愆，誰恕誰愍？

（唱）：【前腔】我悔恨難當，無可奈何。他喪心病狂，利爪如戈。欺人倫滅，虎嘯歌。玷辱新臺，永不消磨。他倒行逆施，定難逃天羅。恨女兒身，恨女兒身，苦悲實多。

（白）：暴君哪！禽獸！我已無力挽回，一生受辱已多。也罷！今以三尺白綾，死諫夫不倫。

（作自縊介，下。柳兒上，驚嚇介）

柳　兒（白）：（驚喊）夫人！君侯！夫人自盡了。

衛宣公（內白）：哼！死了倒好，草草掩埋。著以齊姜繼為君夫人。

柳　兒（白）：夫人……。（跪哭介）

衛宣公（內白）：哈哈哈……

（舞台以紅白燈光切隔成二區塊。哀樂、喜樂混合交替演奏。呈現「一喜一喪」同時並行的舞臺效果。）

衛太子（內白）：母親……

（哀樂起，白燈光區亮，太子穿孝服，捧白綾，匍匐跪行，慟哭，叩拜。）

衛太子（白）：母親……

（白燈光區稍暗）

（喜樂起，宮女攙宣姜上，宣姜鳳冠霞帔紅蓋頭，與衛宣公匆匆拜堂。）

宣　姜（白）：郎君！

（大小太監隨上。衛宣公上。）

（大小太監下。衛宣公攙宣姜下）

（紅燈光區稍暗，白燈光區轉亮）

衛太子（白）：唉呀！母親哪……

（唱）：商調過曲【山坡五更】（【山坡羊】首至四）你痛察察、白綾鎖喉。我亂匆匆、無由參破。你蕩悠悠、只覺一縷怨魂。我恨綿綿、好似三生折挫。

宣　姜（內白）：不是太子！不是太子！

（白燈光漸暗，紅燈光漸亮。宣姜上，抛擲鳳冠霞帔於地，驚惶失措，喃喃自語。）

宣　姜（白）：原來是那禽獸，是那禽獸！天哪！

（唱）：【前腔】（【山坡羊】首至四）我亂慌慌、貞操失落。你笑狺狺、橫施罪惡。我憤切切、欲將你剝皮寢坐。可恨你喜孜孜、生災造禍。

（紅、白二燈區，相互映照。二人大悲摧。）

衛太子（白）：父親……

宣　姜（白）：禽獸……

衛太子（白）：你呵……

宣　姜（白）：你呵……

衛太子、宣姜（齊續唱）：（【五更轉】六至末）

恩情滅，信誓捐，名節涴。天翻地轉，如何擔荷？料應此世今生，永難證果。

（吼）

（燈漸暗）

（第二場結束）

三　愛恨交織

（字幕打出：十六年後）

（燈漸亮。校場比武之景。柳兒上。）

柳　兒（唱）：【九迴腸】（【解三酲】首至七）歎韶光、易經寒暑，十六年、日月居諸。癡兒女山盟海誓知何處。招魂夢，亦虛無。阻絕宮牆青鳥路，音訊難憑歸雁書。空淒楚。（【三學士】首至四）可憐公主淫威裏，問蒼天、太子何如？可奈珠胎暗結連生子，恩義疏離但養雛。（【急三鎗】末三字）為人母，人間事，任乘除。

柳　兒（白）：當年新臺巨變，夷姜夫人自縊身亡。柳兒我轉而服侍被君侯強占為妻的齊公主，也就是當今的君夫人。唉！可憐夫人她身不由己，終日以淚珠洗面。君侯又勒令，戒嚴新臺，不許內外通問。夫人連生二子，長名壽、次名朔。公子壽年十六，與太子伋一般仁孝。公子朔年十五，卻詭計多端，常存覬覦非分之心。遲至近日，君侯方才准許二位公子與太子交誼，切磋武藝。今日，三兄弟約定校場習武，已然準備就緒了。

（內眾呼介）

柳　兒（白）：遠遠望見，太子與二位公子來也。

（柳兒下）

（小生扮公子壽、副淨扮公子朔，偕衛太子上。）

公子壽（唱）：中呂引子【菊花新】弟兄習武試高低。

公子朔（接唱）：詭詐多端每自欺。

衛太子（接唱）：苦恨已忘機，縱玉樹、無由連理。

眾（白）：來到校場。

衛太子（白）：下馬。

眾（白）：啊！

（三人下馬介）

衛太子（白）：今日，你我弟兄三人校場習武，刀槍騎射，互相切磋。為兄癡長數歲，可為爾等略作指點。二弟、三弟！你們習武起來！

公子壽、公子朔（白）：是！

（公子壽、公子朔比刀槍介。衛太子站高臺細觀介）

衛太子（唱）：【中呂過曲】【駄環着】逞英風鬥美，逞英風鬥美，二弟揚威。施招弔詭，三弟藏頭露尾。

（比試中，公子朔漸居下風，武器被奪。）

公子朔（白）：呸！哎！不算不算，我要和你比騎馬、射箭。

公子壽（白）：好！上馬！

（擂鼓介。比騎射介。）

衛太子（續唱）：**戰馬相催，中的箭爭飛。**

公子朔（白）：看箭！

衛太子（白）：二弟小心！

公子朔（白）：（笑介）啊！哈哈哈……

公子壽（白）：三弟！校場習武，練身強骨，你卻鬥起狠來。

公子朔（白）：哎！習武猶如比武，比武就是要分勝負強弱，只要能贏，什麼招數都可以。

公子壽（白）：哎！母親一再告誡：習武是要強身，切不可傷身害命。

公子朔（白）：哎！父親訓示：弱者死，強者生。和你比武無趣！太子！大哥！我要與你比試比試。

（公子朔說罷，擺出向衛太子挑戰姿態。）

衛太子（白）：啊！三弟！你二哥說的是啊。

公子朔（白）：哼！

衛太子（白）：哦！怎麼？你要與我比試麼？

公子朔（白）：比試、比試。

衛太子（白）：好！我就陪你比試、比試。

公子壽（白）：大哥，小心。

（比武介。公子朔忽出狠招，有致衛太子於死之勢）

公子壽（接唱）：小弟他手段辣似要瓊殘玉碎；大哥他劍術妙巧將分撥防備。宛如蒼鷹擊，黃鵠飛。一個游刃有餘，一個功虧一簣。

眾（內白）：君夫人到。

（衛太子、公子朔比武中，忽傳君夫人駕到。公子朔故意自傷手臂介）

公子朔（白）：啊……

衛太子（白）：啊！三弟……

公子壽（白）：參見母親。

宣　姜（白）：壽兒快快起來。

公子壽（白）：謝母親。

（公子朔急向宣姜告狀，出示傷口介。）

公子朔（白）：母親！母親！

宣　姜（白）：朔兒，怎麼了？

公子朔（白）：方才與太子比武，他故意將我挑下馬來，傷了手臂！哎喲！哎喲！疼死我囉。

（衛太子見宣姜，忽然不知所措，胸懷澎湃不安。公子壽替太子辯解）

公子壽（白）：不、不、不！母親！是三弟他……

公子朔（白）：是太子傷我的！

宣　姜（白）：壽兒！快快扶你三弟後面療傷去吧。

公子壽（白）：是！

（公子朔、公子壽下。）

（宣姜與衛太子吊場，面對面，先尷尬無言，忽激動欲語，終悲切落淚。音樂襯托其起伏情緒。）

宣　姜（唱）：仙呂入雙調【風雲會四朝元】（【四朝元】首至六）憶青春乍然相見，便惜三生宿昔緣。送君風雪途路，步款情眷。只待君恣意憐。

衛太子（接唱）：我匆忙返國，我匆忙返國，（【會河陽】首至二）趕建新臺。只盼琴瑟和絃，與妳暮暮朝朝，共守瓊樓金殿。

宣　姜（接唱）：（【駐雲飛】四至六）誰料鬼魅分明現，㗭！受辱敢聲喧？我求救無門，淚盡空悲

衛太子（接唱）：我那母親可奈天，懸樑為死諫。（【四朝元】尾三句）我張惶失措，剩只有昏昏暗暗怨。昏暗，誰人勸勉？

宣姜（白）：郎君！你我落得今日，全因那禽獸一人而起。我千般恨、和血吞。只待有一日，突破高台重鎖，與君相見。如今十六年已過，難道你我無限深情厚意，就要蹉跎不成？

衛太子（白）：這……

宣姜（唱）：【前腔】（【四朝元】首至六）我此生心願，與君偎依到百年。只盼君珍惜，望君繾綣。無非無是，無善無惡。（【會河陽】首至二）在那廣漠仙鄉，兩極峰巔。逍遙自在，但相顧相憐。

衛太子（白）：夫人

（接唱）：（【駐雲飛】四至六）可歎緣偏淺，嗏！往事去雲煙。縱使揮戈，日落焉能轉。何況君侯父是天，何方棲宅院？何況你（【四朝元】尾三句）連心母子，相繫相絆，如何自遣？如何自遣？

衛太子（白）：夫人！不……母親！兒臣不能為私情，背叛君父；不能為私愛，傷害兄弟。

宣　姜（白）：蒼天哪！你要置我於何地？眼前這光景，你還滿口君父、母子、天倫、私情私愛，將這正經的言詞來羞辱我。你……你倒忘了，風雪莘野之別，你說：天塌了，也要雙手為我撐起；地墳了，也要為我雙腳踏平。如今我的天塌了、地墳了，我仰仗的英雄失踪了，我只看到你這臉上寫著「仁孝」二字的可憐蟲！

衛太子（白）：母親！千錯萬錯，都是兒臣的錯！都是兒臣的錯

（衛太子跪介）

（宣姜聽「母親」、「兒臣」，又見其下跪，不禁絕望、怒起、冷笑。）

宣　姜（白）：嘿！嘿！哈哈哈……兒臣！兒臣！好個兒臣！你……你竟這般窩囊！

（衛太子起，垂頭介。一束燈照宣姜，一束燈照舞台後邊。末扮詩人，彈古琴，吟唱《詩經・新臺》。衛太子、宣姜傾聽介。）

詩　人（彈唱）：新臺有泚，河水瀰瀰。

燕婉之求，籧篨不鮮。

燕婉之求，籧篨不鮮。

（〈童謠〉：一群孩童上介，嗽板唱崑腔歌舞）

群童（嗽念）：新臺壯麗，照呀照眼明。
黃河淇水，水呀水盈盈。
盼只盼、嫁個俊俏郎風流、郎風流。
洞房卻鑽出個短命大馬猴、大馬猴。

詩人（彈唱）：新臺有灑，河水浼浼。
燕婉之求，籧篨不殄。
魚網之設，鴻則離之。
燕婉之求，得此戚施。
燕婉之求，得此戚施。

群童（嗽念）：新臺壯麗，亮呀亮晶晶。
黃河淇水，浪呀浪濤平。
窈窕淑女盼嫁個俊才郎呀！俊才郎。
洞房卻鑽出個不死的丑跳樑呀！丑跳樑。
親手捕魚，把那魚網撒。
蟾蜍卻向、網呀網中爬。
只盼新郎、青春好年華。

不料卻像隻醜惡的癩蛤蟆、癩蛤蟆。

（孩童念完，嬉笑，下）

宣　姜（白）：唉呀呀！詩人寫詩刺我、兒童歌謠嘲我！全國上下、老老少少都在笑話我。我有何辜？我有何錯？為何都指向我？我恨！我恨那老禽獸，恨太子！恨太子你……（指向衛太子）好！你既無情，休怪我無義！

（燈漸暗）

（第三場結束）

中場休息

四　小宴陰謀

（燈漸亮，新臺景色。大小太監立場上）

（衛宣公立場上）

衛宣公（唱）：中呂過曲【駐雲飛】造孽如山，我不悔其常，心自安。壯麗新臺斑爛，雨滯雲焉散。嗏！美色掌中看，肯教輕慢。驚兔走烏飛，剎那便成虛幻。歎為樂幾何休等閒，有酒千樽須解顏。

衛宣公（白）：自從新臺奪媳，匆匆十有六年。往常夫人眉尖深鎖，雲雨甚為勉強。寡人百般憐惜，亦難開懷。近日忽然心回意轉，恰似無限春光明媚。寡人大喜過望。今宵月圓，壽兒公事外出。寡人則在宮中，設下小宴，好共夫人、朔兒賞心樂事也。

眾（內白）：君夫人到。

衛宣公（白）：快快有請。

內　侍（白）：有請君夫人。

（宣姜與公子朔上，分與衛宣公行禮畢。柳兒、宮女隨上。）

公子朔（白）：參見君父。

衛宣公（白）：罷了。

宣　姜（白）：啊！君侯！

衛宣公（白）：夫人。

宣　姜（白）：君侯！這新臺突出雲表，上通天帝，放眼無邊。亭台樓閣，燦爛光鮮；亙古以來，未嘗有也。今宵良辰美景，多承君侯眷顧，妾好不僥倖也。

（唱）：【前腔】花好月圓，淡蕩春風淇水邊。極目山河遠，美景清無限。（舉杯對衛宣公介）嗏！願國泰君康健，願多承眷顧。（宣姜衛宣公相對乾杯介）（對公子朔介）願我嬌兒，驥足須施展。莫負沙場駟馬軒，直上鵬程萬里天。

（衛宣公開懷大樂。）

衛宣公（白）：（笑介）哈哈哈……夫人！寡人心中，未嘗有真正欣喜呀！近日，夫人言笑自如，體貼異常。今宵更善頌善禱，使寡人樂不可支啊。內侍！

內　侍（白）：奴婢在。

衛宣公（白）：取大觥來，待寡人敬夫人一大盅。

內　侍（白）：遵旨。

（內侍下，再上。宮女斟介。衛宣公、宣姜對飲介。）

衛宣公（白）：夫人請。（飲介）

宣　姜（白）：君侯請。

衛宣公（白）：（笑介）哈哈哈……

（宣姜對公子朔使眼色。公子朔會意點頭，故意露出身上傷口，喊痛介）

公子朔（白）：哎喲……哎喲……疼死我囉！

（衛宣公關懷視介。）

衛宣公（白）：朔兒！你因何如此啊？

公子朔（白）：呃！這……

衛宣公（白）：啊？朔兒！是……是何人傷你啊？

公子朔（白）：朔兒不敢說！

衛宣公（白）：說！是哪個？

公子朔（白）：是……是太子！

衛宣公（白）：啊！

公子朔（白）：日前朔兒與太子習武。太子武藝高強，但不知何故，幾度乘機置兒於死地。將孩兒挑下馬來，傷了手臂，所幸母親及時趕來解救。哎喲……哎喲……疼死我了。

衛宣公（白）：夫人！可有此事啊？

宣　姜（白）：這……

公子朔（白）：母親！你說呀，你說呀。

衛宣公（白）：哎呀！夫人，你快講啊！

宣　姜（白）：確有此事。

衛宣公（白）：這……

宣　姜（白）：那太子對妾言語頗為曖昧，不知有何居心。

衛宣公（白）：喔喔喔……是了，太子怨懟已久，心志早變，不可留矣！不可留矣！唉呀！我有三子，太子既存異心，二子又生性仁弱，唯有三子朔兒，勇悍橫施，最類於我呀。

宣　姜（白）：君侯作主。

（衛宣公令，宮女內侍下。）

衛宣公（白）：也罷！我即刻命太子出使東齊，途中安排家丁、武士跟隨，待太子登舟之際，便將他……

（作手勢陰謀介；公子朔亦作手勢參預介；宣姜稍遲疑，後亦加入。柳兒一旁驚介。衛宣公、公子朔作得意介。）

公子朔（白）：遵命。

宣　姜（白）：君侯……

衛宣公（白）：夫人！

公子朔（白）：（笑介）啊！哈哈哈……。

（衛宣公下。公子朔隨下。宣姜作含恨狀。宮女、內侍下。）

（柳兒吊場）

柳　兒（白）：（叫頭）且住！君侯對太子早生嫌隙；三公子又有害嫡奪位之心；君夫人由愛生恨，早已是非不分。三人竟定下這惡毒的計謀，太子命在旦夕！這便如何是好？這便如何是好？（想介）有了！待我將此訊息報與二公子知道，請他搭救太子便了。

（柳兒下，燈漸暗）

（第四場結束）

五　二子乘舟

（燈漸亮。場上作黃河山水風景。）

公子壽（內白）：嗐！馬來呀！

（公子壽鞭馬急行。）

公子壽（白）：且住！只因宮女柳兒來報：君父與母親及三弟在新臺小宴密謀，要大哥出使東齊。名為出使，實為加害。為此！我策馬追趕。

（唱）：仙呂入雙調【雙玉供】（【玉抱肚】首至四）人倫破敗，恨蕭牆、橫生禍胎。愧無能、力挽狂瀾。（【五供養】五至合）恐腥風激起洪災。（帶白：可歎哪！）緣何仁孝，雙親竟、陰謀加害。（【玉抱肚】合至末）緣何龍鳳遇天羅？緣何龜蛇游大海？

公子壽（喊介）：太子……大哥……

（公子壽下。）

（衛太子騎馬、持節，緩行上。至渡口。）

衛太子（白）：這黃河渡口，一派好水也。

（唱）：越調過曲【山桃紅】（【下山虎】首至六）則見那湯湯浩浩，滾滾滔滔。辨牛馬難分曉。山河畫描。錦繡迢迢，煙波渺渺。待沐惠風，觀浪潮，且開懷、休煩惱也。（【下山虎】八至末）會當是持節東齊着綈袍。是君父親傳示，呃……敢辭苦勞？且看這嘶嘶馬驕。

公子壽（內白）：大哥慢走。

（馬駐足，嘶嘶鳴叫。衛太子下馬介，撫馬介。）

（公子壽趕上介，衛太子既喜且驚介。）

衛太子（白）：二弟！喜得二弟前來相送。咦！緣何形色倉惶？

公子壽（白）：（叫頭）大哥！切莫渡河！切莫使齊！

衛太子（白）：啊！

（丑扮二舟夫，暗上，划槳移舟靠岸介。）

舟夫甲（白）：太子！官舟備就。君侯有命，請太子持旄節，速速使齊。不得遲誤！

衛太子（白）：喔！是是是！煩請稍待片時。

（舟夫暗下）

衛太子（白）：啊！二弟！為兄君命在身，縱有千難萬難，亦不能遲疑。多謝二弟前來相送，就此告別。

公子壽（白）：且慢！事已至此，為弟伴兄渡河。

（衛太子、公子壽登舟介。舟行河中，持衣刺客數人持刀斧，分從舟底，出沒水中，公子壽與刺客打鬥）

黑衣刺客（白）：殺……

（公子壽一一擊退刺客，衛太子見既喜且驚介。）

公子壽（白）：（叫頭）大哥！大哥身陷險地，為弟特來相救。請大哥渡河遠走他鄉，以待時日，切不可使齊！

衛太子（白）：二弟！為兄昔年質齊，今再出使。君父之命，合情合理呀！二弟有何顧慮？

公子壽（白）：唉！事已至此，不得不向大哥表明。君父疑你有不軌之心，在新臺小宴，與母親及三弟密謀，假借命你使齊，於你渡河之際，將坐舟鑿沉，使您溺死河中。適才那些賊人，即受命為加害於您而來。

衛太子（白）：這……二弟呀！怎不為兄辯白？我豈會有不軌之心！

公子壽（白）：新臺之謀，為弟不在場。是宮女柳兒，緊急告知於我，要我設法救解。況且！舟中謀害，若不成功，尚有第二奸計：命那士兵，假扮山賊盜寇，埋伏齊衛交界，莘野隘口。一見駟馬車駕，手執旄節旌杖者，即亂箭射殺無論。

（衛太子聞言，如青天霹靂。）

衛太子（白）：哦！君父、三弟、公主啊！骨肉至親、今生至愛，全要殺我，都容不下我一人！蒼天哪！蒼天，我、我……何必存活？何必存活？

衛太子（唱）：【村裏迓鼓】帶白：唉！呀呀呀！誰料得我行無狀，難容君上。那知天倫夢斷，恩絕義喪，使我心頭衝撞。我已不勝情，無承望。誰知解這般魔障。猛地裏透了人生，遭了危難，吞了悲愴。怎不教顫抖抖、形神俱蕩。【元和令】悲莫悲兮忍悲愁斷腸，恨莫恨兮含恨苦宣講。這悲恨呀！勝似黃河浩浩動淒涼，勝似風波乍起狂。仰天俯地盡蒼茫。二弟呀！此生情，來世償。只落得意千般，淚萬行。

公子壽（白）：大哥切莫悲傷！快走。

衛太子（白）：唉！

（唱）：【勝葫蘆】二弟呀！你大任扛肩須揣想，侍奉有萱堂，謀國自應為棟樑。黎民眷顧，仁心根本。社會必安康。

衛太子（白）：天地雖廣，已無有我立錐之地；人海茫茫，也只有二弟你一人有情有義。但願來世報答你！

公子壽（白）：大哥！

衛太子（白）：二弟！我既已受命於君父，縱有千難萬難也不能逃避。哼哈哈哈……（悲涼笑介）豈不聞君要臣死，臣不敢不死！

公子壽（白）：大哥！不可。

衛太子（白）：二弟！你……回去吧！千萬為國珍重！

公子壽（白）：（背躬）太子他……痛心疾首，了無生趣，定要執旄節，赴齊邦。這……如何是好？喔呵！有了！

（公子壽遲疑，忽生一計。）

（續白）：大哥不避危難，弟知難再阻擋。眼前黃河水路已盡，皓月東昇，你我弟兄不妨舟中痛飲，以慰別離。明日，換陸路，駕駟馬，小弟再恭送大哥啟程！

衛太子（白）：這……

公子壽（白）：大哥！請。

衛太子（白）：如此！有勞二弟。

（公子壽布席斟酒介。衛太子悲痛飲介）

（燈暗，燈光聚右側。末扮詩人上，古琴曲彈奏介，崑腔吟唱《詩經・二子乘舟》）

詩　人（唱）：二子乘舟，汎汎其景。

願言思子，中心養養。

願言思子，中心養養。

（吟）：一葉孤舟輕，弟兄險路行。
至親施毒害，忍悲復吞聲。

公子壽（白）：大哥！請。

（側區燈暗，前區燈全亮）

衛太子（白）：不……首杯敬我父，君父啊！既是親生，何忍奪兒所愛？取兒性命？二杯敬三弟，你我兄弟，何忍苦苦相逼？國君大位，豈勝過骨肉親情？三杯敬公主，敬我至愛！新臺巨變！妳成了衛侯夫人！千錯萬錯我承當。不怨妳公主、不恨妳夫人、不怪妳齊姜。四杯敬我生身亡母（下跪介），孩兒不孝，讓你含恨自盡。我母啊我母！請等待孩兒，乘駟馬、取旄節，到莘野，就與你黃泉相會了……

（起身，醉態介。）

公子壽（白）：大哥！為弟敬你三杯！

衛太子（白）：不！我敬二弟三杯。（醉介）首杯……敬二弟。今生今世，有你為弟，已補我萬般憾缺！萬……般……憾……缺。二杯……但願來世，再為兄弟。三杯……再——為——兄——弟（醉睡介！）

公子壽（白）：大哥！太子兄長！

（唱）：【二犯桂枝香】（【桂枝香】首至四）離愁別恨，如何忘憂解忿，莫過那醽醁金樽，莫過那翠蔬玉筍。（【四時花】四至合）昏昏。欲醒不醒日漸沈，是耶非耶月載暈。（帶白：大哥！再敬一杯。）（衛太子不應介）看那浪滔滔，波滾滾。（【皂羅袍】五至八）死生難忖，禍福無門。大哥呀！你遭逢歹運，焉能保身。（【桂枝香】十至末）（帶白：為弟我呀！）向父母死諫傳誠懇，代兄入鬼門。

（見太子睡，取披風加太子身上）

（吟）：哀太子，歷遍凌遲苦楚。
為弟我，馳往莘野，甘代兄死。
見證這，義薄雲天德不孤。
只盼高堂與幼弟！知非改過。
不枉我，公子壽命喪中途。

（白）：大哥！為弟取你旄節，代兄赴死。萬望大哥，存此大有為之身，奔逃他國，靜待時機。有朝一日，必為仁君聖主，造福萬民。為弟雖死，亦猶生也。大哥！待來世再續兄弟情，就此別矣！

（公子壽跪別介。依依不捨介。下。本區燈暗）
（燈光聚右側，詩人古琴曲彈奏介，唱《詩經・二子乘舟》）

詩　人（唱）：二子乘舟，汎汎其逝。
　　願言思子，不瑕有害。
　　願言思子，不瑕有害。
（吟）：黃河天地流，兄弟泛孤舟。
　　情義稱無價，憾恨卻悠悠。
（右側燈漸暗，太子區燈亮）

衛太子（白）：（醒轉、驚呼、尋覓介）二弟……二弟……二弟！
（暗燈，轉場樂）
（原野景。公子壽持旄節騎馬上。群盜持弓箭武器，環視尾隨介。）

公子壽（白）：來此已是莘野。若能力挽狂瀾，讓父母、三弟，痛改前非，一家和樂，我死不足惜！公子壽，高舉旌旄，慷慨赴義。（高舉旄節，大喊介）「太子在此！來！取我性命！」
（群盜上，格鬥，射殺，公子壽倒地亡。群盜下。）

衛太子（內白）：二弟！二弟……

（衛太子騎馬奔馳上介。）

衛太子（白）：來此已是衛齊交界莘野，二弟在哪裡？二弟！你到底在哪裡？哎呀！

（衛太子猛見旄節樹立，公子壽死臥其側，大驚！大慟！撫其屍慟哭。崑腔唱介。）

衛太子（白）：二弟！二弟！

（唱）：呼二弟、哭二弟、痛徹遙天。
思今生、憶往事、血淚漣漣。
哀生母、擔罵名、有口誰辯。
痛君父、占子媳、酒色招愆。
悲三弟、貪權位、鬩牆生變。
傷齊姜、新臺惡、夢碎難圓。
唯壽弟、憐恤我、時乖命蹇。
唯壽弟、擊賊寇、河上舟前。
唯壽弟、取旄節、代死無怨。
唯壽弟、怎忍你、獨赴黃泉。
怎忍你、獨赴黃泉。

衛太子（白）：（忽然佇立四顧，大呼介）你們殺錯人了！你們殺錯人了！真太子在此！（笑介）哈哈哈……

（群賊暗出，亂箭齊發，衛太子中箭倒下。臨死前，匍匐至公子壽前，取執旌節，跪立，不倒。悲樂聲大起。）

（暗燈。轉場）

（燈再亮，宮殿景。太監、群臣站場上，公子朔登基，歌舞交錯。）

內　侍（內白）：君侯駕崩，太子朔繼位新君。

群　臣（白）：參見君侯。

公子朔（白）：（得意笑介）啊！哈哈哈……

（暗燈）

六　傷心悔恨

（燈漸亮。場上新臺景。室內桌上擺放：衛宣公頭冠、衛太子頭冠、公子壽頂冠，桌旁豎立白旐節。）

（宣姜喪服徘徊，泣介）

宣姜（唱）：雙調引子【搗練子】思往事，恨無涯。蕭蕭瑟瑟滾黃沙。日暮樓台空獨倚，枯藤老樹噪昏鴉。

（宣姜對衛宣公頂冠。憤恨介。）

宣姜（白）：君侯！我何其不幸，是你夫人。我死後，史書必稱我為「宣姜」。宣姜！宣姜……（苦笑介）哈哈哈……從齊姜到宣姜，我生前死後，都要與我痛恨之人，苦苦糾纏。你、你這造罪多端的暴君，你……死有餘辜呵！

（丟擲衛宣公的頭冠於地）

（唱）：雙調過曲【三仙橋】我玉貌綺年韻雅，卻落豺狼、遭蹂踏。淚珠洗面，百般躭驚怕。似牢囚，如廄馬。宛落花、風飄和雨打。歎只歎好夢墜殘霞，歡情泣暮笳。磨日月、吞聲漸啞。誰肯信天道本無私，善良無價。原來是罪惡任施行。傳孽子、造虛弄假。

宣姜（白）：壽兒！壽兒！你怎地這般傻呀？想當年，新臺巨變，我日夜啼哭，但求一死。若不是發現……身懷有你，我豈會認命。到頭來，你棄母不顧，代兄赴死……兒啊！我仁孝的壽兒……。

（哭介。續對公子壽的頭冠泣訴）

（唱）：【前腔】你秉性純良瀟灑，自來禮謙恭、居卑下。推心置腹，任人相戲耍。你本是三春鳥，千里馬。恰便是心頭肉、連根帶椏。我掌上喜摩挲，我懷中愛轉加。盼你長成後、為國驅駕。你竟死諫震雙親，使我萬難承答。只落得利刃剉肝腸，山海恨、永無招架。

宣姜（白）：壽兒啊……（泣介）

（續對衛太子的頭冠泣訴）

宣姜（白）：太子！太子……不管世態醜惡、人情如何。我齊姜心心念念，只你一人。我那唯一摯愛呀……。

（唱）：【前腔】想你我韶年俊拔，喜偎依、相迎迓。花朝月夕，情景盡圖畫。盟金石，贈羅帕。憶風雪歸途申結髮。美願墜新臺，銀河斷仙槎。卻緣何乍相見、不堅掙達。怨你拘束講人倫，莫敢越禮逾法。我憤懣順君侯，終落得悔莫及、恩薄情寡。

宣姜（白）：太子……（泣介）

全因是我愛恨交加，釀成大禍。如今我心所愛，身所衛太子，雙雙慘死。我是罪極惡大之人！罪極惡大之人哪！

（燈漸暗，幕後崑腔合唱聲起。衛太子、公子壽暗出場，迷離夢幻，宣姜痛心疾首，追尋難覓之感。）

幕後（崑腔合唱）：

世間莫作女兒身，苦樂百年由一人。
二子乘舟情義重，（宣姜帶白：壽兒……壽兒……）
新臺鑄惡愧羞陳。（宣姜帶白：太子……太子……）
悲歡愛恨誰能剖，（宣姜帶白：壽兒……壽兒……）
忠孝是非難與論。（宣姜帶白：太子……太子……）
調寄水磨聲哽咽，傷今弔古不堪聞。

—— 全劇終 ——

二〇一七年七月十八日下午，據王瓊玲情節創構改編崑曲填詞完稿
曾永義記

二〇一八年八月三十日傍晚，徵得曾師永義同意調整劇情完稿
王瓊玲記

新編崑劇

良將與惡魔：《雙面吳起》

情節創構：王瓊玲

崑曲填詞：曾永義

是非功過任評量
——崑劇《雙面吳起》的發想與編撰

曾永義

熟悉戲曲史的人都知道：宋元南曲戲文經北曲化、文士化和崑山水磨調化蛻變為明清傳奇；金元北曲雜劇經文士化、南曲化和崑山水磨調化蛻變為明清南雜劇。它們蛻變的時間都在魏良輔集思廣益，改革崑山腔為水磨調的明世宗嘉靖末葉。從此戲曲新型式的「傳奇」和「南雜劇」，如就「腔調劇種」而言都屬「崑劇」。

近十年來，我每以編撰崑劇為娛，而都運用「南雜劇」的體製規律。緣故是「傳奇」動輒三四十齣，非現代劇場所能容；「南雜劇」可在十一齣之內任取長短，基本上我都在六齣八齣間以為適應。而崑劇莫不以生旦為主腳，搬演其悲歡離合；其他腳色淨末丑雜，不過作為陪襯；其耐唱耐聽之曲，也都屬生旦。但自從明中葉以後，為調適堂會氍毹搬演，乃摘取菁華散齣，經舞台淬礪，逐漸行當精緻化而成為清乾隆後風行之折子戲。其屬淨腳者，據褚民誼《崑曲集淨》所錄，有七紅、八黑、三僧、四白等五十五齣，所扮飾人物，諸如關羽、趙匡胤、屠岸賈、張飛、鍾馗、包拯、項羽、尉遲恭、金兀朮、魯智深、夫差，皆為豪雄勝概之人物。但迄未有全本以淨腳為主之崑劇。

我一直有個衝動，要突破淨腳止於折子而為本戲；如此方能在水磨曲韻中別開生面，展現其不可一世的壯烈和悲涼。我知其種種不易，但我要努力嘗試。於是我看上了丁揚士和曾漢壽，他們為人樸質謙和，但充任腳色、扮飾人物，卻能將秦皇、曹操和阮大鋮活靈活現，入木三分。而我和王瓊玲幾經商量，終於選擇了吳起作為對象，而將其演出，請揚士和漢壽分擔。

只是近年來我因忙於「戲曲學術生涯」的訂補總整理，雖然對「游於藝」的編劇還偶一為之；但就歷史劇而言，已沒有像從前那樣作完全投入和構思的功夫。為了彌補這個缺陷，我找來及門王瓊玲教授合作，先共同選定劇目，立下旨趣；再由她布置綱領、創構情節。因為她在中正大學講授《左傳》、《史記》，對於各種典型古代人物及其引人入勝的奇情異事甚為熟悉；她又是暢銷小說作家，巧於結撰、妙於照映，自能別出心裁。在此前提之下，我據之而轉化為崑劇，分宮選調製曲，配置腳色，緣劇情以布置排場，使之冷熱相濟、起伏有致、情味各別，也就容易多了。而蘇州大學的周秦教授是舉世著稱的崑曲名家，我們已合作六齣戲流播曲壇，由他訂譜自是不作第二人想。所以這齣崑劇《吳起》就文本作者而言，就是「王瓊玲劇情創構、曾永義崑曲填詞、周秦拍曲訂譜」。

我們之所以選擇「吳起」作為崑劇劇目，一方面固然是為丁揚士和曾漢壽量身訂製，認為他們能夠將吳起演得如龍似虎、鬚眉畢張。一方面更因為像吳起這樣的人物，史上少有；而他在崑劇全本戲中也未曾作為主腳。

吳起（440B.C.～380 B.C.）活躍於戰國初期，是當時集軍事家、政治家、改革家於一身的不世出豪傑；但也是世非功過，見仁見智、任人評量的悲劇性人物。他的「是」和「功」，主要在軍事方面。他是位文武兼備的將領，具有高超的統御能力，他愛兵如子，料敵如神。所以在魯為將而能為穆公擊退齊宣公之侵略莒城與安陽；在魏為西河郡守，與諸侯大戰七十六次，而能大勝六十四次，其餘勝負難分，替文侯闢秦地置西河郡；在楚為令尹南攻百越，援趙擊魏、飲馬黃河，使悼王疆域擴展至洞庭、蒼梧，成就霸業。也因此，臨武君稱他「無敵於天下」，尉繚子說他「天下莫當」，班固讚他「擒敵立勝，垂著篇籍。」曹操評他「在魏，秦人不敢東向；在楚，則三晉不敢南謀。」吳起其次被肯定揄揚的是他法治改革的成功，因而使魏楚兩國富強興盛，尤其在楚之功績更為顯著。為此范雎說他治楚能夠「使死不害公，讒不蔽忠，言不取苟合，行不取苟容，行義不圖毀譽。」蔡澤也許他「為楚悼罷無能，廢無用，捐不急之官，塞私門之請，壹楚國之俗。」凡此都可見吳起在歷史上是被公認的大軍事家和大政治家。

而他的「非」和「過」，緣於他追求和貪戀功名之心太重，為達成目的不擇手段；因此鑄下他難於補償和磨滅的三大污點。那是：他早年耗盡富足的家財，出外求官，結果落魄以歸，被鄰里同儕嘲弄，他大怒之下殺死三十餘人；他為解魯君之疑，殺妻田氏以求將；他為功名，齧臂誓母，母死不臨。這樣的行為自然被講究人性倫常的衛道之士和文人墨客所詬病和譏嘲。司馬遷總論他一生「以刻暴寡恩亡其軀」；班固也評他「上勢利而貴變詐」，「爭城殺人盈城，爭地殺人滿野」，終究「身誅戮於前，而國滅亡於後。」都指出其生性殘忍，不由厚道。至於詩人，則多數指責他對母親和妻子的絕情。白居易斥他「母歿喪不臨」，罵他「其心不如禽」；唐彥謙譏諷他「貪名」；徐鈞批評他「盟母戕妻亦駭聞。」

由以上可見吳起一生，真是好歹「任人評量」，而他事實上也是一位「是非功過」兼具的爭議性人物，他也實在兼具了良將與魔鬼的雙面性格。對於這樣的人物，其本身的戲劇性已相當充足，所以編撰時，只要將史料做適度的剪裁去取強化渲染，並於過脈處加些椒添些醋，使之流露機趣；而以吳起功名之追求與完成為主軸，便大抵可以呈現歷史上宛然可睹的其人形象和神采。於是我們在現代劇場演出時間兩小時半以內的制約下，將劇情分為〈序曲〉、〈尾聲〉和六個場次。

〈序曲〉、〈尾聲〉，前後呼應也銜接，其實就是把吳起一生的終結，分作兩個半場演出，使劇情一開始就震撼而懸疑；末了除點明吳起以楚悼王為知己，其箭刺王屍的「死亡方式」更看出其智慧與性情。至於正場六齣，自然依循吳起的生命主軸序列。首齣〈齧臂別母〉敘吳起出外求官不成被鄰里嘲弄，憤怒殺人。齧臂別母，誓言功名不及將相，不返鄉國。也同時將其早年出身履歷帶出，作為全劇開端。次齣〈殺妻求將〉，包含吳起夫妻中秋賞月小宴，忽聞家鄉母喪，魯君拜授討齊大將軍，魯君因吳妻田氏為齊宗室生疑有換將之意，吳殺妻解君疑，吳起討齊凱旋歸來即遭魯君流放、曾申亦將之逐出師門。可說情節繁多，紛至沓來，但一一緊湊轉折而繫於吳起性格之殘忍與功名之熏心，實有御繁為簡之效，且總為「殺妻求將」之主場襯托。參齣〈西河郡守〉寫吳起重要成就之一「仕魏之事功」。先從士卒口中帶出吳起「視士卒如子弟」，深獲軍心；緊接交戰克秦，以武戲調劑全劇；而結以魏君犒勞遊河，吳起諫諍，以見其以德政為本，並不主張窮兵黷武。肆齣〈計逐吳起〉，敘吳起功高，魏相公叔忌妬。因魏君欲以小公主下嫁吳起，公叔乃使其妻長公主於酒宴間故做種種潑辣囂張狀，令吳起耳聞目睹，心生不堪而去魏投楚。就史實而言，向公叔獻謀者為其門下客，但這裡改由其妻設計，以便排場調適，生發自然。伍、陸兩齣〈君臣相得〉與〈變法楚強〉都用以寫吳起仕楚之時，受到楚悼王的重用和信任，呈現其建立法令、壓抑宗室等變法富強的政治措施，但也因此招來豪門反抗，終致亂箭亡身。以上劇情雖不是就史實依樣畫葫蘆，但其可信度應不下於孔尚任《桃花扇》之敷演南明故實。

由於全本崑劇未嘗有過以淨色為主腳，而宜於淨色所唱的曲牌，與丑相近，多數為粗曲，根本無法適應吳起這樣英雄豪傑的聲口，所以施之以「紅淨」，使之兼具老生與大面之悲涼兼豪邁，所選用之曲牌也就諸如音極高亢、調極曲折之【武陵花】，或音調悲壯之【錦纏道】，以及北曲【南呂．一枝花】套曲之蕭颯莽爽。希望本劇能既具崑腔之原汁原味，又有可觀可賞之關目排場，更有令人以史為鑑、省悟生命之哲思。

二〇一八年九月六日曾永義序於臺北森觀寓所

雙面吳起

——起心動念寫良將與惡魔

王瓊玲

初次邂逅吳起，我才十二歲，剛讀國中一年級，還是傻呼呼、圓滾滾，穿著白衣藍裙的天真小女孩。

冬日，微寒的黃昏，我手裡捧著國文課本，搖頭晃腦，背誦白居易的〈慈烏夜啼〉：「昔有吳起者，母歿喪不臨，嗟哉斯徒輩！其心不如禽。」

不過是背誦一首詩，要應付明天的月考而已。心裡沒有什麼感動、沒有任何感觸，甚至沒有太多的感覺。

那時，大書桌前，我的父親——戴著徐志摩圓形眼鏡的書生，放下了手中的毛筆，抬起頭，凝視著一臉稚氣的小女兒：「憨查某囡仔！妳怎識得了吳起？」

於是，吳起驚濤駭浪的一生，就從《史記》裡跳了出來。一樁樁、一件件，跳進我飽讀詩書的父親口中，再化為十二歲小女孩可以理解又有趣味的故事，活生生搬演了起來。

那一日，遲遲的冬陽，一吋一吋在窗帘上移動；習習的晚風，卻吹掀著人間的慘烈與悲涼。那是我第一次認識了吳起——二千多年前的吳起。只是，我的父親終究還是不忍心了。他神色淒然，偷偷隱藏掉最不堪的〈殺妻求將〉那一段。

好久好久以後，在現實世界裡低能到接近白痴的我，躲進了小說與戲劇的避風港，去過平凡的日子、度簡單的人生。可是，卻常常在捧讀《史記》或午夜夢迴時，陷入了茫茫的思考：吳起！一生暴戾，只「談法論刑」的你，內心深處可曾有過恐懼？有過掙扎？

下決心編寫崑劇《雙面吳起》，是兩年前，為了看新編京劇《齊大非偶》的排演，第一次進入內湖校區的台灣戲曲學院。

宛如走進戲曲的宇宙、時光的迴廊！

我一步一追憶，愐懷起從小就熟悉的史傳小說、戲劇故事、名角人物。腦海裡，一個個生、旦、淨、丑，踩著鑼鼓點、映著絲竹音，出場亮相兼開嗓，水袖翻飛、刀戢齊發……

他們都是用自己的生命，在搬演別人的故事。方方窄窄的紅氍毯上，好一大片繁華與悲涼！

然而，我也猛然驚覺——詭譎多變的人世間，誰不是頂著一張五顏六彩的臉在過日子？在當變色龍？在扮演人前人後的自己？所以，古往今來，最多、最複雜、最精彩的，是舞臺上與現實人生裡的「淨」吧？

再轉念一想：六百年來，浩瀚的崑劇世界中，竟然沒有任何一齣戲，專門為「淨」而編寫；從來沒有讓「淨」貫穿全戲，當過一次真正的主角。

「淨」——永遠與主角絕緣。

這讓從孩童起就學「淨」；長大後，用盡生命力量去唱「淨」、演「淨」的藝術家，情何以堪呀！

於是，戰國時代的吳起，就從歲月堆積的塵埃裡甦醒了。他一步步從漫天的硝煙戰火裡，踩踏著遍地屍骸，走了出來。

我注視著他，幽幽想著：他的臉——吳起的臉，二千多年前，活生生的吳起，到底是甚麼模樣的一張臉？天才？莽撞？憤怒？剛正？奸險？滄桑？悲切？好複雜的一張臉哪！

若是在崑劇的舞臺上，吳起的那張臉——「淨」的大花臉，可以畫成紅紅黃黃、又紅又黃的「大三柳」嗎？

若是採用：代表忠義耿直、氣血方剛的「正紅」色，與象徵勇猛暴躁、沒有人性的「邪黃」色。讓這兩股濃墨重彩，由他臉龐的表皮細胞，侵蝕到靈魂的最深邃處。從點點滴滴的滲透，到大股大股的廝殺，再颳成穿天裂地的颶風強颱，是不是可以呈現吳起「日暮途遠，倒行逆施」的心性與行為？

崑劇裡的吳起，我們不去評斷他是功成名就或是一敗塗地。我們只是努力想切入他狂飆一世的內心。

沒錯！他被後世尊稱為「兵家亞聖」：他培訓出來的「魏武卒」，人人聞風喪膽。他生平大戰七十六次，大勝六十四回，其餘平手，也就是一生從沒吃過敗仗。「陰晉之戰」，更讓威嚇天下，不可一世的強秦，從此元氣大傷，將近五十年內，不敢大舉東向。他鎮守西河時，更讓百姓安居樂業、家家夜不閉戶，人人路不拾遺，落實了法家與儒家的基礎夢想。他一入楚國，就被榮封為「令尹」，厲行變法，富國強兵在望。

但是，「一將功成萬骨枯」的成語，就能草草形容他的一生嗎？紅巾翠袖，真的能搵英雄淚嗎？吳起藏有項羽的鐵漢柔情嗎？拔地而起的英雄與殺人不眨眼的惡魔？又有什麼差別？更何況，生前他被萬箭穿身；死後又被慘絕人寰的「車裂」。

尊榮的背後，竟是如此不堪的過程、慘烈的結局！

生前死後的吳起，他！他——悔恨過嗎？

儘管吳起的一生，功過參半、毀譽兼俱。寫到了劇本的尾聲，我還是伏案落淚，擋不住內心一陣陣的悲摧。我不敢直視他被亂箭射穿的軀體、更不忍凝望他血淚奔流的眼睛。我只是垂首拊心，低聲呼喚這一位良將與惡魔：

「吳起呀！吳起：讓我們用崑劇演你，演出你的困頓、你的抉擇；呈現出你的沉穩與浮躁、真與假、罪孽與貢獻……透過這一場戲，請你再淋漓盡致的活一遍，再徹頭徹尾思考你的人生一回。」

二〇一九年四月二十五日清晨

王瓊玲序於臺灣戲曲中心首演前夕

序曲　人之將亡

（大幕未起，崑腔合唱聲先起。紗幕上投影戰國青銅禮器、君臣朝儀、六國軍隊廝殺……等戰國時代氛圍之影像❶）

幕後（崑腔合唱）：

不就功名豈丈夫！英雄去國走江湖。
將軍魯魏開宏業，宰相荊蠻勝碩儒。
訣別萱堂齧手臂，君侯取信殺妻孥。
誰憐亂箭穿身死，一旦驚醒夢已無。

內（白）：君王薨逝！

（燈緩亮，紗幕仍垂降，但觀眾可透視場內。場上楚國宗廟喪事景，楚悼王❷薨逝，停屍在床。）

（紅淨扮老年吳起，宰相冠袍，狂奔入堂，匍匐跪爬介。）

❶ 因為本劇牽涉多國史事，怕觀眾混淆，宜在不同國家的場景中，設有不同國名的代表顏色、標記或旗幟。

❷ 劇本敘述中，為避免人物混亂，故採用正史之謚號。對白中，除非劇中人物已死，否則不稱其謚號。

老吳起[3]（白）：君王！君王！君王啊！

（唱）：南雙調過曲【武陵花】不意泰山崩毀折金樑。君恩深、臣義重，蒙置腹擢推宰相。正豪門削弱膽徬徨，厲行變法楚興強。厲行變法楚興強。看列國朝貢不由氣昂揚。奈何君王晏駕，使我猛張狂。天昏地茫，紅日落、此際此時悲愴。對冷冷廟堂，寂寂靈床，搶地呼天似九荒。

（舞台後區高臺，淨、丑等數人扮楚國權貴，率兵卒上。吳起驚介。）

眾權貴（白）：來！亂箭齊發，射殺吳起。

士　兵（白）：喝！

（士兵射箭介。紗幕上以影音特效呈現萬箭齊發。吳起萬箭穿身介。）

（頂燈獨照吳起，重傷垂危介。眾權貴、士兵退場。眾鄉親、吳起母親、吳起妻、傷兵、百姓……以流轉燈光及迴音特效，呈現幻影、幻聲，步步進逼，旋遶吳起。）

眾鄉親（內白）：吳起！為何殺我們，三十……三十多條人命哪！

吳　母（內白）：兒啊！為何不回家？為何不為親娘送終服喪？

---

3 本劇中，吳起依前後時序需有青年、壯年、老年等的扮相。

吳　妻（內白）：夫君！我是你妻，為何殺我？為何殺我？

眾軍民（內白）：以數萬生靈性命，換取短暫虛浮功名，吳起！值得麼？值得麼？

（眾鬼魂之幻聲、幻影旋繞吳起，先緩後急，吳起陷入瀕死前的痛苦掙扎。）

（場上燈暗。頂燈獨照吳起）

吳　起（唱）：【崑腔七言吟詠】：

遭逢不測命將休，歷歷難堪恨與仇。
博取功名如獵狩，拋擲情義水沉流。
交加悔譽誰能究，笑罵由人千百秋。

（序曲終。上製作、演出群等字幕）

一 齧臂別母

（燈亮。場上衛國街景。吳起家，老旦扮吳起母縫衣介）

吳　母（白）：吳起，兒啊！何時歸來呀？

（唱）：南仙呂【醉羅歌】（【醉太平】首至四）中衰家道憐孤寡，撐持門戶不爭差。盼子成龍興故家，望穿秋水添白髮。（【皂羅袍】五至九）可憐連心母子，魂牽夢掛，渾不知秋來夏往，天邊水涯。無端苦悶難招架。（【排歌】尾三）意難下，心驚怕，

（百姓幕內大喊：「救命哪！殺人啦！」）

吳　母（續唱）：是誰人暴起禍根芽？

（音樂進，吳母虛下）

（雜扮民眾張三、李四、王五、趙六，丑扮錢大上，奔走哭喊介。）

（紅淨扮年輕吳起持刀追殺介。張三、李四、王五、趙六、次第被殺介。）

（錢大奔走至吳家門口，敲門大叫介）

錢大（白）：吳大娘！吳大娘！你家吳起瘋狂殺人啦！（急下）

（老旦大驚，衝上吳起，大叫介）

吳母（白）：吳起！兒啊！放下刀！放下刀！

（吳母拉吳起進屋介。關門介。吳起如夢乍醒，渾身戰慄，四顧茫然。）

吳起（唱）：北南呂【一枝花】猛然間魂歸夢乍醒，一霎時魄聚人猶在。戰抖抖屍身橫衢陌，寒慄慄血肉染塵埃。（吳起夾白：母親……）（吳母夾白：兒啊！為娘在此、為娘在此。）不由我悔恨難追，我罪惡難擔待。（夾白：母親！）終落得眾叛離家國不容，喔呵到……到頭來竟做了鄉鄰也那禍害。

吳母（白）：兒啊！定下神來。你外出求取功名，既已返鄉，何以未及家門，當街瘋狂殺人？他們都是你的鄉鄰、你的朋友啊！

吳起（白）：母親呀！

（唱）：北南呂【梁州第七】想稚齡受椿萱、嚴慈垂教，習兵儒、文武全才。說不盡噓寒問暖恩如海。惜分陰兒不辭磨礪，趁長風兒欲上瑤階。母親呀！您為兒完成志業，不惜變賣家財。兒走江湖竟逢了魑魅魍魎，謁公侯卻遇了虛偽裁排。天涯路蹭蹬了飛揚豪傑，煙波際枯萎了俊偉形骸。孤燈下想煞了高堂老母，寒夜裏禁不住衣弊裘敗。可哀！落魄！只得返鄉歸里把羞臉揣。可歎呀！大街上嘲弄遇同儕，可恨呀！竟對我恥笑交加還賣乖，激得我暴怒難排。

吳　起（白）：（叫頭）母親哪！兒受盡鄉親冷嘲熱諷，說我自負才名，只會浪費錢財，一事無成，尚有何面目回歸鄉里？兒不堪忍受，暴怒瘋狂，鑄成大錯，為之奈何？

眾　人（內白）：捉拿吳起、捉拿吳起……

（吳起、吳母聞言驚恐介。）

吳　母（白）：兒啊！快快逃出衛國！先保住性命要緊！

吳　起（白）：孩兒捨不下親生母親哪！

吳起母子【撲燈蛾】念白：

吳　起（白）：恨、恨、恨！難忍一時嘲弄語，殺人流血如河渠。

吳　母（白）：急、急、急！死罪償命法應誅，怎捨斧鉞把兒屠？

吳　起（白）：悔、悔、悔！鑄成大錯悔無路，天涯流落逃追捕。

吳　母（白）：勸、勸、勸！我兒莫把終身誤，立功補過大丈夫。

吳　起（白）：心如割、叩別慈母，雪恥忍辱、定將功名圖。功名圖！

吳　母（白）：倚門盼歸有老母，再相逢、恐油盡燈已枯。燈已枯！

吳　母（白）：（叫頭）兒啊！我兒！為娘今生今世，還能再見兒……唉！一面麼？（哭介）

吳　起（白）：母親……（跪介）孩兒不孝，倉促之際，請母親聽兒誓言。

（崑腔吟介，齧臂出血介）

（唱）：【七言歌詩】

吳起齧臂發重誓，肝腸寸斷別阿母。

不為卿相與名將，終身不踏衛國土。

吳　母（白）：兒啊！你何須齧臂出血，發此重誓？功名如雲煙，親情重如天。你當販夫走卒也罷！位居公卿將相也罷！答應為娘，日後定要披麻戴孝，為我送終，才不枉費我生你、養你、辛苦一生哪……（哭介）。

（吳母不捨，掏手巾包紮吳起傷口，傾訴心願）

吳　起（白）：孩兒謹記在心（跪介、叩拜介），就此拜別了！

（唱）：【煞尾】兒只得高飛遠走雲天外，（吳母（夾白）：兒啊！）未知曉何日何年見母來。須當是功名偉業汗青載，令今人異哉！令後人壯哉！方顯得俺吳起豪情與勝概。

吳起（白）：此處不留爺，自有留爺處。大丈夫不功成名就，枉生一世。

吳母（白）：兒啊！你要謹記，回來為我送終。

吳起（白）：孩兒謹記，謹記……謹記在心。

眾人（內白）：捉拿吳起、捉拿吳起……。

吳母（白）：兒啊！快走……快走……快走……。

（吳起下，淒涼樂起，燈暗）

（第一場結束）

二　殺妻求將

（燈亮，場上魯國吳府花園景，侍女二三人擺宴介。旦扮吳起夫人上。）

夫　人（唱）：南正宮引子【破齊陣】（【破陣子】首二句）佳節中秋月朗，庭園內院風清。（【齊天樂】三至五）比目雙游，鴛鴦交頸，正爾團圓夢境。（【破陣子】末三句）賞心樂事渾無價，美景良辰對有情。金罍須共傾。

夫　人（白）：妾乃吳起將軍夫人田氏，原係齊國宗室，隨父宦魯，遂為魯人。

（吳起暗上）

夫　人（白）：愛將軍英雄，將軍憐我美眷。

吳　起（白）：夫人！

夫　人（白）：夫君！今夕中秋，花園小宴，與夫君賞月聯吟。

（夫人趨前，與吳起攜手同行，入坐介。）

夫　人（唱）：南正宮過曲【白練序】小園香徑，並綻秋英意態盈。感君恩、喜鸞鳳三生有幸。精誠，攜手行，步步蓮花步步生。（合唱）金波冷，相看對飲，良宵正永。

吳　起（白）：夫人

（唱）：【醉太平換頭】似飄萍。想我離鄉背井，蒙卿厚受，宛上蓬瀛。建功立業，男兒志在榮名。遺興，今宵藉酒發豪情。知有日，一飛達命。（合唱）眼前家慶，庭園小宴，皎月空明。

吳　起（白）：夫人請！

夫　人（白）：夫君請！

（二人恩愛對飲介。）

吳　起（白）：乾！

夫　人（白）：昔年，夫君由衛入魯，雖然一時落拓，但妾慕君英偉，必有出頭之日。幸蒙不棄，得偕連理，實乃三生有幸也。

吳　起（白）：在下潦倒於魯國，高攀貴門，始有今日，於夫人亦感激不盡也。夫人請！

夫　人（白）：請！

（末扮吳起家院，急上。）

家院（白）：稟將軍、夫人，太夫人在衛國左氏家鄉逝世了。

吳起（白）：哎呀！

夫人（白）：快備車馬，返鄉祭奠。

家院（白）：是

（家院答應下。）

（吳起聞訊悲愴。掏出手巾，跪介，慟哭介）

吳起（白）：母親！母親！

（唱）：南商調【山坡五更】（【山坡羊】首至四）急匆匆、驚聞惡耗，遠迢迢、母喪誰悼？痛察察、腸斷猿號，恨悠悠、泣血杜鵑鳥。（【五更轉】六至末）可歎那鄉國絕，音問稀，慈顏杳。虧為人子，難行孝。罔極蒼天，衷心似搗。

吳起（白）：母親！母親！

夫人（白）：夫君！且莫過於傷懷，妾與夫君當急馳返鄉，治理喪事為要。

吳起（白）：是！即刻啟程。

太監（內白）：君侯令下！

（丑扮太監上，家院隨上。吳起、夫人跪介。太監宣旨介。）

太　監（白）：君侯有命：齊國犯我邊鄙，著以吳起行討齊大將軍。（吳起驚介）校場檢閱戎行，剋日出征。

吳　起（白）：臣謹奉命。（吳起、夫人起介。）

吳　起（白）：家院！

家　院（白）：有。

吳　起（白）：備百金禮敬公公。上廳飲宴歇息。

太　監（白）：將軍太客氣了！日後當竭力效勞。

吳　起（白）：多謝公公。

（家院領太監下。）（吳起沉吟介，來回踱步介。）

夫　人（白）：君命固不可違，但母喪為重。夫君當上奏君侯，另揀統帥為是。車駕已備，望夫君即刻登程，切莫遲疑。

（鑼介）

吳　起（白）：夫人！吳起焚膏繼晷，學儒學兵，所為何事？曾經困頓列國，衣敗裘敝。幸蒙聖賢之後，魯國曾申❹收為門下；季孫氏拜為將軍；今日，又膺君命封為討齊大將，正是我建功立名之時。怎可輕易推辭！況我曾受辱鄉里，暴怒殺人而逃命，鄰里相見，豈能容我哉？且家鄉遙遠，何助母喪？夫人！母喪自有親鄰料理，我是不回去了。

（吳起擲手巾於地介）（崑腔吟介）

❹ 曾參之子。

【七言吟詠】

俊傑英雄大丈夫，事功光耀六韜書。
聰明果斷開機運，不就榮名舉世無。

太　監（內白）：將軍……將軍……

（家院又領太監急上。）

太　監（白）：將軍、夫人！大事恐有變卦，（吳起驚介）且聽我道來：

（念數板）：君命吳起為大將，要把齊國來掃蕩。
卻有小人一大幫，傳流言，讒君上。
說吳起，娶……（瞅吳妻，遲疑介）

吳　起（白）：講！

太　監（續念）：娶齊女，田氏宗室快婿當。
田氏勢龐大，多人是齊將。
裏應外合，多面夾攻，魯國定滅亡。
君侯已心動，陣前要換將。

吳　起（白）：啊！（驚介）

太監（續念）：匆匆來報信，速速定主張！定主張！

吳起（白）：多謝公公傳訊救解！請公公轉奏君侯，吳起即有處置，以釋君疑。家院！

家院（白）：有。

吳起（白）：再備三百金，禮敬公公。

太監（白）：將軍放心，謹遵吩咐，當即面奏君侯。

吳起（白）：有勞公公。

（家院領太監下。）

（吳起又沉吟介。逼視夫人介。自壁上取刀介。夫人驚介，退怯介。吳起眼露兇光，一步步逼進介）。

（此時，定音鼓咚！咚！咚！……敲擊最低音，配上胡琴乍響最尖銳的高音，再配合鐃、鈸，一下又一下，摩奏出刺耳聲。共同營創極端肅殺、冷血的殺妻氛圍。❺）

夫人（白）：（驚疑介）你……你究竟意欲何為？難道……你……你要殺我不成？

（定音鼓、胡琴、鐃、鈸等肅殺聲，聲聲逼迫）

吳起（白）：欲借汝命取信君侯，好穩坐大將軍。夫人！機不可失。若失此關鍵時刻，豈不枉費我吳起所受之苦？請夫人助我完成功名志業，為夫的感激不盡！

（夫人聞言戰慄介）

夫人（白）：哎呀！

---

❺ 本劇編曲配樂洪敦遠表示：「定音鼓，暗示心跳聲。胡琴拉響最高音，造成與定音鼓的對比。（高音本身就容易製造緊張。）鐃、鈸的磨奏：暗示「磨刀霍霍向妻孥」的殺氣，延續定音鼓及胡琴所製造的張力。」

（唱）：南中呂過曲【粉孩兒】驀地裏體生寒、心破碎。他心狠手辣、狼肝狗肺。為功名胡作又非為。絕情義、血濺香閨。恨只恨、我有眼無珠，悲更悲、我殺身何罪。

吳起（唱）：南中呂過曲【紅芍藥】莫怨我、人性凋萎。箭在弦、不能不飛。吳起殺妻心自愧。舊恩情、已隨流水，休悲！往事總難追。建功名，非求富貴。願聲聞天下如雷，願兵家天下氣餒。

（起悲愴音樂）

吳起（白）：夫～～人～～！訣別了。（殺妻介）

（紅光乍閃。燈全暗）

（幕後崑腔歌聲起）

伴唱（幕內）：【七言歌詩】

殺妻吳起大將軍，一戰功成風捲雲。

敗退齊兵正得意，魯侯逐退已傳聞。

（燈又亮。舞台正中垂降一帥旗，繡「吳」字。鼓聲，眾軍將上，繞場作勢介。）

軍將（齊唱）：南中呂過曲【駄環着】耀聲威無比！耀聲威無比！招展旌旗。討伐強齊，伸張正義。整肅軍容壯麗。將士昂揚，凱歌高起。大元帥、韜略周濟，魯國勢、弘揚萬里。百姓歡，君侯喜。且殺豬宰羊，共歡天喜地。

（眾將士唱至「凱歌高起」時，吳起戎裝入場，耀武揚威介。）

吳起（白）：（笑介）哈哈哈……。

（燈光轉換。魯君幕內傳令）

太監（內白）：君侯傳令：我泱泱大魯，禮義之邦。今吳起，母歿喪不臨，又殺妻求將，泯滅人倫。貶為庶人，永不敍用。

（鑼介，右方軍士驟然下場）

吳起（白）：啊！

（幕內老生扮曾申聲音）

曾申（內白）：吳起違禮悖義，兇暴成性，小子鳴鼓而攻之，逐出師門。

（鑼介，左方軍士驟然下場。帥旗亦冉冉上升，消失不見）

（吳起吊場，悲憤介）

吳起（白）：啊！（叫頭）魯君！師門！大……大功方成！

（唱）：【尾聲】師門逐我魯君棄，不信豐功化作灰，不信榮名不可為。

吳　起（白）：哼哼哼……哈……（鑼介）此處不留爺，自有留爺處。魏國君侯，求才若渴，俺奔魏去也。

（吳起下，燈漸暗。）

（第二場結束）

三 西河郡守

（場上山河景色，魏旗幟。雜扮士卒：趙大、李四、王五，在場上，行路繞場。）

趙 大（唱）：南仙呂過曲【番鼓兒】快奔走，快奔走。不落黃昏後。赴西河、打敗秦寇。吳起將軍，善攻能守。無敵不摧，待士兵、如知交故友。

眾 人（接唱）：咱追隨他、不遲留，一路裏、水鄉雲岫。

（眾繞場介。張三、張三子住，出唱。）

張 三（唱）：【光光乍】他穿粗糙裘，飲食不珍饈。他和軍士同甘苦，運籌帷幄昏如晝。

張三子（唱）：【大齋郎】俺爹長毒瘤，痛難收。他便俯身吮血霎時瘳。俺爹捨命也要為他鬥。

眾 人（接唱）：將軍功德令人謳。

張 三（白）：吳起將軍出征，帶領咱魏國，攻打秦國，大家都要奮勇作戰。兒啊！別扶！去、去、去！難看死了！

張三子（白）：爹呀！你腿傷雖好，還是要小心，不能大意。孩兒扶著，安全著點兒！

張　三（白）：醜模醜樣的，叫你別扶，你就別扶！

張三子（白）：不攙不扶，孩兒不孝，母親憂苦。

張　三（白）：不准扶！

張三子（白）：啊！我定要扶

（父子演出：角力、扭打、掙脫、捉拿介。最後，父贏子輸。其餘士卒吆喝助興）

趙　大（白）：哎喲！我說張三哪！你再不停住拳頭，等會兒，上戰場，就是老子扶兒子了。

張　三（白）：哈哈哈……可見我老——當——益——壯啊！

趙　大（白）：嗨……前幾天，不知道是誰躺在地上，哼哼唧唧！唉唉喲喲！全身發高燒，哭爹又喊娘的哪？

李　四（白）：是啊！那時你的腿長毒瘡，發黑發脹臭難當，腫得比我腰桿子還要粗哪！

張三子（白）：那時，多虧吳起大將軍，親自撕開我爹爹的褲管兒，趴下身去，一口一口地，把那膿湯血水，全都用嘴巴吸出來給吐掉，才治好我爹爹的毒瘡。

張　三（白）：是啊！我這條命，是吳起將軍給的、是吳起將軍救的。他是天下第一等好人，天下第一等好將軍。今日魏攻秦，奪那西河五城，我等怎能不效命沙場，報答吳起將軍？

眾　人（齊白）：嗯！奮勇殺敵，報效吳大將軍。

幕　內（白）：大將軍到！

（吹號，音樂起）（吳起帥服出場）

吳　起（唱）：正宮過曲【錦纏道】想先君魏文侯，愛俊才、拔為左右。視我為千里紫驊騮。大將軍，攻城掠地馳驟。指麾下、無不摧折枯朽，霎時間、盡將細縛渠醜。今日裏、殺秦寇，且看我、西河郡守。好使新君勞御酒，只待那論功行賞、卿相除授。我志業方成就。

吳　起（白）：眾將士聽令。

將　士（白）：有。

吳　起（白）：秦軍阻於崗亭，負頑死守。凡攻上崗亭者，賜勛爵、賞田宅。將士們！

將　士（白）：有。

吳　起（白）：進攻者！

將　士（白）：殺……

（魏軍得令，急急攻上，奮勇爭先介。秦軍繞場上。）

眾軍士（白）：殺……

（魏軍奮勇作戰，斬殺秦軍多人。秦軍敗逃，吳起追，下場）

眾軍士（白）：殺……殺……殺……殺……

（場上趙大、李四、王五、張三子等與秦軍大戰介）

（張三子戰鬥，腿受傷介。張三驚呼。）

張　三（白）：兒啊……

（張三搶救兒子介，開打介）

張　三（白）：啊……

（張三最後因救子，重傷而死。）

張三子（白）：爹爹……

（張三子抱父哀號，不顧腿傷，再撲向前戰鬥。趙大、李四、王五等助戰。敵軍圍攻之。趙大等人危急，急呼吳起求救。）

趙大、李四、王五、張三子（白）：大將軍——大將軍——

（吳起勇救小兵介。戰鬥介，所向披靡介）

（秦軍大敗，潰逃介。魏軍大勝歡呼介）

（燈暗）

（換營房景。舞臺後區燈緩亮。）

（張三子半躺臥呻吟介。李四、王五照顧介）

李　四（白）：張家小子咧！你爹奮勇殺敵，力戰而死。你陣前受傷，腿長毒瘡，無醫無藥。現在呀！也腫得比我腰桿子粗啦！

錢　大（白）：唉！可憐喲，父子同命，就連長毒瘡，發黑發臭，都一模一樣啊。

眾　人（合）：唉！真是「有其父，必有其子呀！」

（談話中，吳起暗出場，傾聽，慢慢靠近。）

吳　起（白）：怎麼！你是張三之子？（驚介）啊！與你爹爹一樣得毒瘡？來、來、來！待我為你吮出毒血，保你病好，無災無恙。

（吳起做吮吸毒瘡介）

（李四起身，走向前臺光區，痛哭流涕介）

李　四（大哭）：嗚……

王　五（白）：怎麼著？吳大將軍一向愛民如子，你再怎麼感動，也不必哭成這樣吧！

李　四（白）：我……我是替張大嫂哭啊！（又大哭介）

王　五（白）：你幹啥替張大嫂哭哪？

李　四（白）：你想想，吳起將軍替張三吮毒瘡。張三病好了，卻不顧性命，衝鋒陷陣，力戰身亡。現在，吳起將軍又在替小張三吮毒瘡。你等會兒看看！那個小張三哪，也一定會感恩戴德，力戰而死。我那可憐的張大嫂哎！既已喪夫，又要喪子，她要怎麼活下去呀？（傷心介）

王　五（白）：是啊！來了吳起大將，咱魏國雖然富強了。可是……可憐的張家，就要斷子絕孫了呀！

（也痛哭介）

（幕內白）：君侯駕到。

（眾人急下。嗩吶金鼓齊奏，吳起迎介）

（小生扮魏武侯，雜扮官吏隨從上。）

魏武侯（唱）：南雙調引子【秋蕊香】欣喜傳來捷報，霸業功成不小。一路驅馳西河道，旌獎三軍犒勞。

吳　起（白）：西河郡守行大將軍吳起，介冑在身，拜見君侯。

魏武侯（白）：大將軍戍守邊鄙，大小七十餘戰，使天下諸侯，聞風喪膽。「陰晉之戰」，更大敗秦軍五十萬。為先君與寡人，開地千里，功莫大焉！且武功彪炳之外，文治亦是昌隆：大將軍鎮守西河，百姓得以樂業安居；家家夜不閉戶，人人路不拾遺，寡人甚是欣慰呀！今又再敗秦軍，揚我大魏雄風，著諸將士：晉爵三級，牛酒犒勞，盡歡慶祝。

吳　起（白）：謹拜謝君侯賞賜！

魏武侯（白）：大將軍！聞說西河壯麗，寡人想乘興一遊。

吳　起（白）：遵命！（向內介）來！備船！

（丑扮船夫上，艤船上。魏武侯、吳起、眾官員等登船介。船行介。）

魏武侯（唱）：南雙調過曲【風入松】看那山河壯麗氣蕭豪，真個鞏固邊疆險要。我悠遊自在蕩蘭棹。奏管絃、歡聲笑傲。飲綠酒、及時行樂，志得意滿、在今朝。

群　臣（白）：（阿諛介）君侯說得是，山河險要，正好及時行樂。微臣謹獻壽君侯。（群臣敬酒介）（魏

（武侯得意介）

吳　起（白）：君侯！且聽臣下一言：

（唱）：【前腔】山河壯麗固堪豪，並非是、邊防險要。貪杯享樂怎憑靠？想三苗、水深山峭，不就被、禹王滅了。那殷紂，也難逃。（【急三鎗】）可見得，修德政，敷禮教。方能效虞舜，舞簫韶。

魏武侯（接唱）：感卿諫諍語，出肺腑，如圭寶。須謹記，作風標。

群　臣（接唱）：須謹記，作風標。

魏武侯（笑介）：哈哈哈……

眾（笑介）：哈哈哈……

（燈漸暗）

（第三場結束）

中場休息

四　計逐吳起

（場上魏國相府廳堂。外扮魏宰相公叔上。）

公叔（唱）：南仙呂過曲【甘州歌】（【八聲甘州】首至六）俺身居魏相，又幸婚配公主，更趾氣昂揚。可堪吳起，仗恃豐功偉業，目中無人勢高張。俺力薄焉能與較量。

（夾白）：眼看吳起殺退秦軍，立功西河，取代我為宰相之勢，已不可擋。為此，好不憂心人也！

（續唱）：俺權不保，位難防。愁思日夜令徬徨。須籌劃，作主張，豈能束手就投降。

公叔（白）：啊！夫人貴為長公主，一向伶俐多智，怎不與她商量……有請夫人！

（貼旦扮長公主上。）

公主（白）：夫君

公叔（白）：夫人，請坐。

公主（白）：有座。

（二人坐介）

公主（白）：夫君呼喚！可是為那吳起之事麼？

公　叔（白）：（詫異介）哎呀！夫人真是賢慧絕頂，對我如此地……心知肚明哪！嘿嘿嘿……

公　主（白）：見你近日神情恍惚，若非為了權位難保，還能為著何來？我啊！已為你安排妥當了。

公　叔（白）：喔……

公　主（唱）：南中呂過曲【駐馬聽】勸駙馬莫慌。謀策深思須考量。自古功高震主，才富遭讒，名重非祥。人君猜疑最是難防。吳起他性情自負喜褒獎，意飛氣揚，不堪委屈多狂妄。

公　叔（白）：夫人！你唱了半日，我還是聽不明白，我等不及了。

公　主（白）：須要「知己知彼」，方能「百戰百勝」。那吳起必有短處，夫君可避其長、攻其短，定能斬草除根，永無後患。

公　叔（白）：哎！夫人！妳莫再賣關子了，快快說明如何對付吳起好麼？

公　主（白）：夫君莫要著急！我已進宮向君侯兄長進言，將公主小妹嫁予吳起。那吳起若是應允，即有留魏效力之心；倘若拒婚，必胸懷異志，圖謀不軌，君侯即當儘速處置，免貽禍患。

公　叔（白）：讓吳起與我一樣，當上魏國駙馬？哎！此計豈不是火上添油，更助長吳起氣燄麼？

公　主（白）：這……附耳上來。

公　叔（白）：喔……。

（公叔貼耳介。公主白）

公　叔（笑介）：哈哈哈……

公　主（白）：可好啊？

公　叔（白）：妙計，真是妙計！全憑夫人了！

公　主（白）：來！將酒宴擺下！那吳起敢待來也。我且迴避！

（公主下）

（末扮家院上）

家　院（白）：稟相爺！吳大將軍到。

公　叔（白）：說我出迎。

家　院（白）：相爺出迎。

（家院下）（公叔出迎吳起介。見禮介。坐定介。）

公　叔（白）：啊！大將軍……

吳　起（白）：相爺！（動作介）

公　叔（白）：請！

吳　起（白）：相爺請！

（進門介）

公　叔（白）：請坐。

（坐介）

公　叔（白）：喜聞大將軍奉命尚婚小公主，如此，你我將成「連襟」，特備酒席為賀。這「連襟」

麼……

吳起（白）：多謝相爺邀宴，不免叨擾。那「連襟」怎麼了？

公叔（白）：這「連襟」麼……就要甘苦同嚐，憂喜同當。

吳起（白）：那是自然。您為相、我為將，將相一心，同心保魏邦。來！在下敬相爺一杯！

公叔（白）：哎呀！太好了！我也敬大將軍一杯呀！

吳起（白）：相爺請。

公叔（白）：請。

（二人飲酒介）

公叔（白）：啊！大將軍，須知公主金枝玉葉，嬌貴無比，你我都要小心伺候了！

吳起（白）：這……

家院（內白）：公主！使不得……

（公主帶眾婢女上，盛氣凌人，欲入廳堂。家院委屈懇求介。）

家院（白）：公主！使不得……

公叔（白）：啊！飲酒……飲酒……

家院（白）：公主！使不得……公主，駙馬相爺設盛宴，款待吳起大將軍。您……不便進入。

（公主故作高聲介）

公主（白）：哼！甚麼駙馬相爺！甚麼吳起大將軍！若無我父我兄賜爵命官，又能展什麼雄風，現什麼官樣哪？

家院（白）：公主！小聲些，裏面都聽見了。

（公主命眾婢強闖介，家院阻擋跪求介。）

婢女（白）：聽到又怎樣？在公主面前，駙馬敢吭個氣兒嗎？

家院（對內廳白）：相爺！公主她……她闖進來了！

（眾婢追打家院介，下）

公叔（白）：喔……

公主（白）：公叔……公叔……你死到哪兒去了？

公叔（白）：哎呀！苦也！慘也！

公主（白）：哼！公叔！給我過來。

公叔（白）：（戰慄介）喔……下、下、下官在此。拜、拜見公主！

（吳起詫異介，冷眼旁觀介。）

公主（白）：（指斥介）沒本公主的允許，你辦什麼酒席，宴什麼高官哪？

公叔（白）：啟稟公主：下官宴請的是功在魏國、威震諸侯的吳起大將軍哪！大將軍他戍守邊疆，大小七十餘戰，替我魏國開地千里，設置西河郡。今又大敗秦軍，助成霸業，功莫大焉、功莫大焉哪！。

公主（白）：哼……什麼大將軍、小將軍？

公叔（白）：哎！

公主（白）：什麼有起、無起的，沒本公主的允許，你呀！啥事也擔待不起！

公叔（白）：（小心翼翼介）噓！小聲些。貴客在堂，公主請自重，莫張狂。

公主（白）：（大怒介）什麼？你……你竟敢說我不自重，罵我太張狂！

（公主摑掌公叔介，公叔閃躲介。吳起搖頭歎介。）

公叔（白）：哎喲……

公主（白）：（提耳，命介）你……你過來！給我跪下！

公叔（白）：（卑求介）哎！大丈夫膝下有黃金！怎能跪妻？

公主（白）：（斥介）你……你不跪妻，難道也要殺妻？拒絕臨母喪？

（唱）：【駐雲飛】那舉世酷心腸，莫過殺妻禽獸樣。只為登卿相，拒絕臨母喪。那不孝似豺狼，怎能效忠君上。你這駙馬乖張，竟敢學無狀。只有金枝玉葉自主張，焉有臣下奴才卻賣狂！

（白）：公叔啊公叔，今日本公主就與你沒完沒了！我……我這就進宮去，向君侯兄長訴冤，說……說你與豺狼為伍，公主小妹，若嫁吳起，恐也性命不保！我……我這就進宮去，去找君侯兄長評理！

公叔（白）：公主……公主……（拉衣阻止介）

公主（白）：你……你放手！（鄙夷，甩袖，急下介）

公叔（白）：哎呀！請了、請了……公主……公主……

（公叔追下）（吳起吊場。）

吳起（唱）：南仙呂過曲【解三酲】親眼見潑辣的模樣，誰能忍跋扈張狂。她明識直罵對我心頭撞。俺如猛虎、落平陽。他乾坤倒置作鴛鴦，惹百姓公卿論短長。僥倖呵！俺未遭魔障，那金枝玉葉，俺難受難當。

吳起（白）：（叫頭）且住！看來我娶小公主也不是，不娶也不是。若是不娶，君侯必起猜疑。君心有疑，我如何能安其位？若是娶而為妻，似此模樣……如何能伉儷情深？如何受這無理驕縱？這……（兩難介）罷！罷！罷！聞聽楚王力圖富國強兵，廣招賢才，就此當機立斷奔楚去也。正是：「此處不留爺，自有留爺處。」

（取馬策馬行介，崑腔吟介）

吳起（唱）：【雜言歌詩】

掛帥印，棄冠冕，月色迷茫好遁逃。

青山隱隱水迢迢，大丈夫寧死莫許人嘲笑。

知楚王，募賢豪，多方廣邀。

吳起我，揚鞭一路馬蕭蕭。

吳　起（白）：奔楚去——也——。

（燈漸暗）

（第四場結束）

五　君臣相得

（燈亮。場上楚國城牆郊外景，生扮楚悼王，率文武官員上。）

楚悼王（唱）：南黃鍾引子【西地錦】荊楚稱王南面，洞庭浩蕩無邊。蒼梧九嶷迷荒甸。強兵富國招賢。

太　監（內白）：大將軍！隨我來。

（太監引吳起上，楚悼王迎介）

吳　起（白）：參見君王！

楚悼王（白）：哈哈哈……先生文武全才，名貫諸侯。寡人千等萬盼，終於盼來了先生。真是祖上積德，我楚國富強有望了。

吳　起（白）：若蒙重用，吳起百死不辭，必竭盡所能，報效君王。

楚悼王（白）：今日，寡人特在城郊為先生接風洗塵，先生請。

吳　起（白）：君王請。

（鼓樂奏介。遵古禮，楚悼王在右從東階，吳起在左從西階，分庭抗禮而上。拜揖介，坐介。舉觥敬酒

介）

楚悼王（白）：先生請。

吳　起（白）：君王請。

（飲介）

楚悼王（白）：先生雖風塵僕僕，寡人卻求知若渴。

吳　起（白）：君王垂詢，吳起知無不言，言無不盡。

楚悼王（白）：啊！先生，在魏國治理西河，阻強秦，稱霸諸侯。請問先生，如何興利除弊，富國強兵？

吳　起（白）：君王厚愛，微臣敢不竭股肱、效愚見。

（唱）：南黃鍾過曲【降黃龍】治軍理民，德政普施，立信為先。依功賜爵，抑豪奪權。推賢，制謀略、嚴刑教戰。到那時，攻無不克，廣開州縣。

楚悼王（白）：這個……寡人心中，存有大惑，盼先生一一釋疑。

吳　起（白）：不敢、不敢，君王英明，懇請明示。

（楚悼王、吳起崑腔對吟）

楚悼王（白）：先生——

吳　起（接吟介）：【七言吟詠】楚疆遼闊路荒遠，先生何策實人煙？

楚悼王（白）：先生——

吳　起（接吟介）：王親貴族多紈絝，屯墾遷居拓疆邊。

楚悼王（白）：先生——

【七言吟詠】西南動亂民強悍，先生何策靖狼煙？

吳　起（接吟介）：出兵百越如席捲，洞庭蒼梧可周全。

【七言吟詠】稅重役繁民不堪，先生何策救倒懸？

吳　起（接吟介）：削薪減俸貶榮顯，進用賢能汰冗員。

楚悼王（吟介）：朝廷改革多挾怨，先生何策戒貪婪？

吳　起（吟介）：損公肥私必嚴辦，刑責施行不苟延。

楚悼王（吟介）：風俗歧異難憑檢，先生何策可言宣？

吳　起（吟介）：積風累俗日非淺，緩教慢導事可圓。

楚悼王（吟介）：民貧國弱冰三尺，先生何策著先鞭？

吳　起（吟介）：興利除弊民還善，河山保固樂家園。

楚悼王（白）：（笑介）哈哈哈……聞君治國大略，寡人十分振奮。寡人之有先生，如魚得水也。內侍！

太　監（白）：奴婢在。

楚悼王（白）：召百官上殿觀禮。備令尹冠服，寡人親自為令尹加冠服着！

太　監（白）：遵旨。

楚悼王（唱）：【前腔換頭】皇天。何幸尚父降臨，孫武來歸，阿衡眷顧。眼看大楚，霸業稱尊，寡人必成心願。意蹁躚，似矯龍宛轉貫彩虹，穿雲舞現。拜令尹、教群僚仰望，君高坐白玉堂前。

吳　起（唱）：【黃龍袞】榮光玉殿前，榮光玉殿前。我那將相平生願，今日裏忽地皆實現。感君王推誠相勸勉，為臣的兩肋插刀，將身心奉獻。報知音，成大業，令人羨。

全　體（合唱）：【尾聲】君臣氣勢奔如電，與大楚、威風八面。共享榮華萬萬年。

（第五場結束）

六　變法楚強

（楚國郢都城景，末扮官吏上。）（城門置一長木。）

官吏（唱）：南雙調引子【賀勝朝】令尹衙內稱尊，威嚴亦有三分。城門布告示軍民，詫異一時恩。

（官吏張貼告示介。雜扮力士、老者、民眾數人上。）

官吏（白）：大夥們！你們看看吧。

（官吏下）（眾前看介，老者念告示介）

老者（白）：「令尹曉諭軍民，若有將此長木移至城外者，賞美酒屋舍與田疇。」嘿！天下有這等荒唐事？

民眾甲（白）：是啊！是啊！自古以來，官府未有此等告示，堂堂楚國宰相，不該愚弄軍民啊！

力士（白）：欸！閃開閃開……俺力氣大，管它有無這等事，待我將它扛到城門外。（運力欲扛大木介，眾人嘲弄介）

老者（白）：（歎介）真是其笨如牛。

民眾甲（白）：真是異想天開呀。

力　士（白）：閃開……

（老者唱時，力士扛大木，眾人插科打諢）

老　者（唱）：南仙呂入商調【黑蠊序】廝混！怎可執政愚民。胡謅玩笑事，教我每生疑。只有笨呆相信。評論，荒唐古未聞，今朝作弄人。待望前塵。且莫逗留，向碧草如茵。

（官吏暗上）（力士將長木置於門外，欲走介。官吏止介。）

官　吏（白）：喲！此君將長木移置城外。哎！回來……回來……回來來、回來！

力　士（白）：幹什麼？

官　吏（白）：吳相爺有令！賜你美酒一罈、房契田契各一份。

（力士前領賞介。）

力　士（白）：啊！真有此等事！哈哈！我發了！我發了！（下）

（老生等詫異介，同向前圍觀介。）

眾　人（白）：果真有此等意外事啊！

官　吏（白）：哎！列位！列位……吳起相爺又有令了：東門外有袋紅豆，有將它搬去西門內者，（眾驚介）是同樣大賞！

（眾聞令，爭先恐後奔向東門外。唯另一老生執簡書寫介。）

官　吏（白）：老先生！您寫啥呀？

老　者（白）：我要將此搬運長木，取信民心的好計謀，教予我那聰明的小徒孫——衛鞅（商鞅）❻。好教他日後也能輔助君王，變法圖強。

官　吏（白）：好！哈哈哈……

老　者（笑介）：哈哈哈……。

（燈暗）

（燈再亮時，換楚宮殿景。權貴、文武官員齊聚，交頭接耳，焦慮商量介）

文官甲（念）：衣冠楚楚上楚宮，拜相君王禮正隆，求將殺妻禽獸輩，飛揚跋扈享尊榮。

武將甲（念）：沙場征戰無寸功，尸位素餐自雍容。

武將乙（念）：吳起入楚大權控，我心虛氣短似蟊蟲。

（眾人焦慮不安介）

❻ 衛鞅即商鞅。衛國國君後裔，姬姓，故稱衛鞅。又稱公孫鞅。後因獲封於商，號為商君，故稱之為商鞅。

文官甲（念）：山高水遠楚物豐，

武將甲（念）：祖蔭庇身恩澤隆。

眾　人（齊念）：只憂吳起揮利劍，子孫福祿夢成空——夢成空。（歎介）唉！

文官甲（白）：想我上官一家，何等尊嚴！只因封君三代，今被吳起解除采邑。

武將甲（白）：嘿！我家兄長因搶奪民女，不只被吳起鞭刑，還被發配邊疆充軍哪。

文官乙（白）：「老鼠偷拖鞋，大的還在後頭呢！」❼不信！請看！

太　監（內白）：令下（執令上，宣介）諸位公卿大夫，封君列侯聽著！吳起相爺有令：爾等權豪勢要之家，於國損耗有餘，報施不足。茲有新征荒原千里，命爾等三月內收拾安頓，即刻遷徙實邊，以助國富兵強。（下）

武將甲（白）：呸！真可是「大水來沖龍王廟！」如何是好啊？

文官甲（白）：無妨！你我表面服從，私下串通。君王他、他、他……一向體弱多病，時日不多，待等良機一到。

眾　人（大喊）：噤聲！

（眾人做驚愕介。先左顧右盼，避免被竊聽。再得意竊喜介）

文官甲（白）：再如此——這般……這般——如此……

❼ 本劇於2019年首演，時值臺灣縣市首長大選活動。此乃刻意結合當時「流行語」之詼諧用詞。

眾　人（白）：（眾同誓介）好！我等同心協力！誓殲此囂張跋扈之吳起！

（同唱）：【尾聲】他敢掀天，無分寸。我等鋌走險、消仇解恨。管教他亂箭穿身作鬼魂。

（眾下）

（第六場結束）

尾聲　功過費評量

（場上同〈序曲〉裝置）

（燈未亮，幕後歌聲起。）

幕後（唱）：【雜言詩歌】

福兮禍所倚，禍兮福所釀。
令尹大將軍，意氣正飛揚。
那知忽地喪君王。
恰似泰山崩頹，高屋斷樑，頓失依傍。
只見宗室貴族，帶甲張弓，
一聲令下，亂箭齊放。

幕內（白）：亂箭齊發！射殺吳起

（進幻覺音樂）

（吳起大叫「唉呀！」。燈亮，眾下，吳起亂箭穿身。吊場，哀號痛楚，漸入幻覺介。）

（眾鄉親、吳母、吳妻、眾士兵……等依序出場、暗入場）

眾鄉親（白）：吳起呀吳起！我等都是你的街坊鄰居，看你長大，陪你玩耍。你、你……你怎麼就對我們痛下殺手？三十！三十多條人命哪！

吳　起（白）：眾位鄉親，我……

吳起母（白）：兒啊！你爹爹早逝，為娘含辛茹苦教養於你。怎麼？我死了，都不回家為我送終服喪？你……你……於心何忍哪？

吳　起（白）：母親……我……（跪介）

吳起妻（白）：夫君，我是你妻，為何忍心殺我？

吳　起（白）：賢妻……賢妻！

眾士兵民眾（同白）：吳起呀！吳大將軍！以數萬生靈性命，換取虛浮功名，值得麼？值得麼？值得麼？

（下）

吳　起（白）：秦、齊、魯、魏、楚，各國將士、百姓們，都恨我入骨。

眾　人（穿梭圍遶行介）：值得麼？……值得麼？……

（吳起強忍亂箭穿身之痛，從眾聲喧嘩中悠悠醒覺。）

吳　起（唱）：南雙調過曲【武陵花】事發張狂。亂箭急飛無法擋，榮華頓成幻影，剩往事歷歷，痛斷肝腸。（夾白）唉呀！君王呵！我宛如伊尹遇商湯。歎霸業功高德望，卻晏駕宮車巡四方。臣正慟哭椎心珠淚滂，珠淚滂。不意宗室尋仇作國殤。

吳　起（白）：（叫頭）君王啊！我負盡天下人，唯獨赤誠待你；天下人恨我怨我，唯獨你重我用我。今日，你我共創之霸業，即將冰消瓦解。真是令人痛徹心肺呀！（叫頭）君王啊！知己！我要報仇，為你、我報仇。我要殺盡那射我冷箭之無恥小人，要滅絕那罔顧楚國大業，貪贓枉法，自私自利之貴族宗親！（鑼介）請讓微臣借君大體……（拔出一箭介，直視屍身顫抖介。）楚國箭，支支刻姓氏，射入吳起，再刺入君王大體。太子即位，必究奸懲惡！這殺我的貴族宗親麼……嘿嘿！哈哈！哈哈……依律令，都將抄家滅族。為了替太子鏟平惡勢，為了報這亂箭穿身之仇，請助我完成這最後一計！

（悲涼音樂大作，年輕吳起出現，與老年吳起深深對視。）

（幕後合唱時，老年吳起看著年輕吳起重演屠殺村民、齧臂別母、殺妻求將等絕情往事）

（幕後合唱）【七言歌詩】

是非成敗本無常，
何況欲流千古芳！
今日同觀吳起傳，
一生功過費評量。

（吳起捧箭祭天告地，叩拜楚悼王屍。將手中箭刺入王屍，再拔身上箭，刺入王屍，如是者三；再抱住王屍，將身上利箭全數刺入，伏在王屍上，死介。）

大幕現字：

西元前三八一年，吳起走伏王屍而死。楚肅王即位，下令誅殺『射吳起而并中王屍者』之宗室大臣。遭夷滅三族者，共七十餘家。楚國暫得安穩。

—— **全劇終** ——

二〇一八年九月三日清晨，據王瓊玲情節創構改編崑曲填詞完稿

曾永義記

二〇一九年一月五日傍晚，徵得曾師永義同意調整劇情完稿

王瓊玲記

新編京劇

《人間夫妻》：卓文君與司馬相如

人間夫妻說至情

曾永義

人們在劇場上瀏覽古往今來，無不深深感歎道「人生如戲」、「戲如人生」，看那些編戲的，也無不想要呈現人間百態，傾訴人間情懷；而且每每藉此來點撥諷喻，來教化淑世，來抒憤寫怨，來嘲風弄月；只是用來「指出向上之路」的，卻是鳳毛麟角。而其間最為鄙惡不堪的，莫過於甘心淪為政治工具；所幸教人感心動魄的，多為彰顯人間至情。

說到「情」，想到的都偏於男女的愛情。對此，儒家用「禮」來制約它，佛家用「因緣」來命定它。可喜的是，以莊子為代表的道家，主張「達於情而遂於命」，講究「法天貴真，不拘於俗。」以此來反對儒家的「矯情」，來反對儒家用禮法來壓抑人們的「真情」。

也因此，宅心性靈的歷代文學家，像宋代的秦觀說：「兩情若是久長時，又豈在朝朝暮暮。」他認為愛情要能超越時空。元代的元好問說：「問世間情是何物，直教生死相許。」他認為愛情要能不被生死所拘限。明代的湯顯祖進一步說：「情不知所起，一往而深。生者可以死，死可以生。生而不可與死，死而不可復生者，皆非情之至也。」他鼓勵人要一往情深，必使愛情完成，才是「至情」的實現。於是清代的洪昇說：「今古情場，問誰個真心到底？但果有、精誠不散，終成連理。萬里何愁南共北，兩心那論生和死。笑人間、兒女悵緣慳，無情耳。」他的超越時空、擺脫生死和終成連理的看法，顯然就是集秦觀、元好問、湯顯祖三家的大成；他還特別強調「情」的根本在「精誠」。

我們也同樣認為，情的根本即在「精誠」；但更認為人既不能離開「人間」，所以情也只能存在於人間。人生在世，如果能享「人情」於遇合之際，享「友情」於道同之時，享「親情」於天倫之中，享「愛情」於夫妻日常生活；四情俱具，則人生的幸福美滿，何過於此。而所謂「夫妻日常生活」，其實只在柴米油鹽裡，在歡慶哀悼時，在生兒養女中，而彼此則感動於相欣相賞、相激相勵、相包相容、相顧相成之無盡藏。這樣生活於日常的「人間夫妻」，才是真正「人間至情」的自然體現和歸依。

瓊玲是中正大學教授，也是著名的小說家。她仔細思量，建議用「卓文君與司馬相如」故事，並以《人間夫妻》為劇目。她為此先做一番研究功夫：從《史記》、《漢書》取「相如〈子虛賦〉」、「文君新寡」、「琴挑私奔」、「當鑪賣酒」、「榮歸故里」，從《西京雜劇》取「鷫鸘換酒」、「茂陵納妾」，還從《華陽國志》取「昇仙題橋」；總此，而作為關目主軸，並將《昭明文選．長門賦序》、《樂府詩集》之〈鳳求凰〉曲、《玉臺新詠》之〈白頭吟〉填補於「白頭吟」、「琴挑」與「納妾」之中。然後建構了這樣的「劇情概要」：

漢朝初年，司馬相如文武全才，人稱西蜀第一才子，因漢景帝不喜文辭，故懷才不遇，辭官落拓，返回成都。

成都故鄉有二友，一名王吉，是新上任的臨邛縣令；一名楊得意，欲入宮當「狗監」。二人悲憫司馬相如失志，相約必鼎力相助。王吉攜司馬相如至臨邛，刻意禮遇尊崇，引發在地富戶仕紳的注意。

卓文君是臨邛首富卓王孫之女，出嫁新寡，在家守孝。文君一向仰慕司馬相如之文采，知其父設盛宴款待相如，遂出借良琴，並偷窺於屏風之後。司馬相如以一曲【鳳求凰】，挑動芳心。卓文君與婢女翠兒，連夜私奔「都亭」幽會，三人再連夜，轉回成都故居。

相如貧困，家徒四壁。中秋月圓，司馬相如命翠兒取出「鷫鸘裘」，典當換酒，以備家宴小酌。文君不忍，拔下金釵變賣，以保留「鷫鸘裘」。

夫妻為貧所苦，遂再回臨邛，以伺良機。路過「昇仙橋」，司馬相如題句橋柱：「大丈夫不乘駟馬高車，終身不復過此橋。」卓王孫杜門，拒絕金援。王吉遂幫忙夫妻倆於鬧市開一酒肆。司馬相如身穿犢鼻褌，當街滌器；文君則當鑪溫酒。三惡少還來鬧場，極盡不堪。卓王孫方賜財物奴僕等，令夫妻倆回成都故居。

漢武帝偶讀〈子虛賦〉，大為讚賞，狗監楊得意趁機推薦司馬相如入京。才子終得良機，展現文武雙才，官拜中郎將，持節巡撫巴蜀，撫民瘼、平亂黨。

功成名就，富貴已得，司馬相如卻想娶茂陵女為妾，大傷文君之心。中秋夜，家宴小酌，兩人呈現出「人前才子佳人，人後尋常夫妻」的真相。文君知相如變心難改，以一曲〈白頭吟〉明己志，憤而離家。司馬相如幡然悔悟，追回文君，破鏡重圓。

根據這樣的「劇情概要」，將全劇分為〈好友提攜〉、〈琴心挑撥〉、〈夜奔相如〉、〈金釵換酒〉、〈文君當鑪〉、〈文武雙展〉、〈白頭之吟〉、〈人間夫妻〉八個場次。而對於本劇主角卓文君與司馬相如這兩位歷史人物，瓊玲仍不厭其煩的從班固、揚雄、王充、吳質、嵇康、顏之推、劉勰的評論中，塑造了這樣的形象：

司馬相如（生）：歷史上，文武雙能的一代才子；現實中，卻只是尋常的男子。人窮時志短，富貴時見異思遷，緊張心虛時說話會結巴；中年後，還罹患消渴症，需妻子服侍病榻。但病一好轉，又想納茂陵女為妾。集凡人之七情六慾於一身。但能體貼卓文君對他無悔的愛情。

卓文君（旦）：堪稱「漢朝豪放女」，耐得住貧苦，識得清富貴真相，不屈從禮教，一生不做假，不虛妄，不妥協。而能勇敢果決、追求愛情，一往而深。

可見本劇是從史料中結撰出來的，雖比不上《桃花扇》那樣語語有徵，但希望藉此還原卓文君和司馬相如的「本來面目」，則是頗為用心的。當然，其間也有必要的設色點染，則假借歷史上的次要人物，譬如司馬相如的兩位好友，就從蛛絲馬跡中，以丑腳飾演，付他們以機智熱情、滑稽詼諧來調劑排場；卓文君父親卓王孫，雖以老生扮飾，但卻強化他的好體面和趨炎附勢。至於無中生有的人物，其花旦飾卓文君貼身婢女，則寫其俏麗活潑，忠心護主；其雜腳充任三惡少，則但為鄉里潑皮。

因為卓文君與司馬相如，是膾炙人口的「才子佳人」；所以元明清戲曲中之雜劇、傳奇、京劇、地方戲，演為劇目的，真是指不勝屈。但以「私奔」、「琴心」、「求凰」為目者，則主寫才子佳人韻事；以「題橋」、「晝錦」為目者，則重在才子之否極泰來；以「鷫鸘」、「茂陵」為目者，則總寫才子佳人情緣之波折。至於近代新編戲曲，則多數用來歌頌「婚姻自主的勝利」，但也有用來提倡「女性叛逆的精神」。

而本劇若有別出心裁的地方，則是絕無僅有的強調，縱使司馬相如與卓文君是十足的「才子佳人」，但其實更是不折不扣的「人間夫妻」。因此不止寫出了他們「琴心挑撥」、「連夜私奔」，那樣的風流才子與豪放佳人的千古佳話；同時也寫出了貧賤夫妻「犢鼻當鑪」的不堪和富貴思遷的悲愴；而其間也有「金釵換酒」，珍惜鷫鸘的溫馨；也有翰墨陪伴的愉悅和侍疾煎湯的憂愁，更有決絕的「白頭之吟」和百般不捨的眷戀。在這樣起起伏伏的日常生活裡，無形中所醞蓄的夫妻之愛，其實是在相欣相賞、相激相勵、相包相容、相顧相成中，一往情深而積漸的。也因此，縱使在「納妾茂陵」的驚濤駭浪中，也都能猛然醒覺於回頭，終歸一江春水那樣，搖曳生姿的款款東流，流向那至情至愛的無盡藏。

於是我在瓊玲的情節布局下、人物聲口中，寫上詩讚體的唱詞，並在開場揭櫫了本劇的旨趣，那是：

一見傾心感自天，三生石上註姻緣。
同甘同苦同悲喜，相賞相欣相顧憐。
儷影成雙真幸福，恩情美滿即神仙。
琴心挑撥凰奔鳳，譜入皮黃徹管絃。

二〇一八年九月一七日晨於森觀寓所

真相與真情
——重新凝視才子佳人與人間夫妻

王瓊玲

西漢初年，司馬相如、卓文君的婚戀波折，二千多年來，一直是「才子佳人」的重要底本，被人們所熟記、所討論；進而被改編成小說與戲劇，多方多面又多彩多姿的流傳著。

因此，要為這個膾炙人口的題材重新編劇時，不禁深深擔憂，執筆躊躇。因為，挑戰前人的累累成果，談何容易？翻轉舊見、賦予新生命又何其困難！

幾經苦思之後，決定還是按照慣例，先從比較熟稔的正史《史記》、《漢書》下手；再輔以《漢武故事》、《西京雜記》、《警世通言》等稗官野史，詳細查核其時代、文化、習俗、人物的具體載錄。其次，再大量蒐求《樂府詩集》、《昭明文選》及歷代戲曲著作，做通盤性的觀察與比對，努力探究人物的性情、事件的真貌；進一步揣測不同時代、不同作者，藉著這司馬相如與卓文君，寄託了甚麼樣的澎湃情思？彈奏出甚麼曲調的絃外之音？

下過一番追本溯源的功夫、做了一些引申推論的功課之後；我再認真考慮——此番新編京劇，以何為題？主旨何在？特色為何？能否在千百篇藝文佳作裡，避免濫竽充數、畫蛇添足？

於是，我大膽提煉文獻所載的情事；分析司馬相如、卓文君的相關詩賦，企圖卸下外加的彩繪濃粧，還原「才子佳人」的本色原貌；進一步，再仔細凝視這一對「人間夫妻」的本質與真相。

確定了卓文君、司馬相如，既是「才子佳人」也是「人間夫妻」之後，運筆行文就流暢多了。男女主人公及相關人等，彷彿穿越了兩千多年的時空，翩然降臨於現代，和我們一起視聽言息、同哀同樂了。

所以，青春貌美的卓文君，表面上雖是回娘家寡居的未亡人，實質上，卻是掙脫婚姻舊枷鎖、春心大躍動的活潑少婦。要她「波瀾誓不起，妾心古井水」，簡直就是天方夜談。在同其情、解其心的基礎上，編寫劇情時，便有了人性的依歸，可以自由又踏實的刻畫卓文君外在的假矜持，內在的真叛逆了。

身禁錮、心叛逆的美麗佳人，怎麼可能不尋覓生命的出口？劇中，讓她先仰慕司馬相如的文采，栽下了傾心相許的秧苗；再讓她讀到司馬相如的〈子虛賦〉：楚王與鄭女，同遊同獵，「共赴雲陽之臺」的描述，引動了她浪漫的想像、旖旎的情思。

新寡女子的漫漫長夜，似乎透窗射入了一抹曙光。於是，從「借琴」、「琴挑」到「私會」的情節，期待可稍微減輕「一見鍾情」的老套、「寅夜私奔」的孟浪，多了挑戰傳統的勇敢、違抗禮教的剛毅。

然而，離開父蔭，匿跡成都的人間夫妻，柴、米、油、鹽、醬、醋、茶，哪一樣不折人才氣、磨人心志！面對家徒四壁的窘境，愛夫心切的卓文君，拔金釵、換美酒，保留下夫家唯一的傳家寶「鸘鷞裘」。而逼不得已，回臨邛娘家求援，被父親拒於門外時，為了生存，卓文君也可以放下千金小姐的身段，當鑪賣酒。當父親強迫他離開丈夫、重享榮華時，她又可以立誓終身相守，富貴貧賤皆不離不棄。所以，為生活所困的平凡妻子，卻也含英揚光輝，呈現一代佳人的堅忍氣魄。

再觀漢代首屈一指的大文豪：司馬相如，他的文學成就雖已無庸置疑。但是，他的為人呢？「文人無行」的具體行狀，又是如何？劇中，則嘗試從不同的視角，不苛責、不指摘，但點染其內在的荏弱。

因此，「一代才子」與「一介俗子」，是兩兩映照、同時具存的。司馬才子雖然文名冠天下，私下卻有三大「特質」：一、為文時，文思遲鈍，常常含筆而腐毫；二、緊張時，口舌遲頓結巴，辭難達意；三、罹患「消渴症」（即糖尿病）痼疾纏身，賴人服侍。此三種事實，在從前只以「才子佳人」為主的戲劇中，幾乎都被故意的忽略或閃避不談。本劇則刻意對其性格及生活，有較多的著墨。

因此，司馬相如被貧賤逼迫時，為了生存及炫才，可以不顧讀書人的尊嚴，屈從於朋友的巧計與騙術，惺惺作態而面無愧色。回臨邛當一介酒保時，身穿犢鼻褲，當街滌瓦器，雖然有能屈能伸的表相，卻不無向岳丈勒索之意。而一旦功成名就，富貴在手，他又如同薄倖男子，辜負同甘共苦的糟糠妻，想納茂陵女為妾。

反觀卓文君，則是展現女性捍衛家庭的本能，對變心的丈夫先明說暗講、多方勸戒。一旦發現君心難以挽回時，這位「漢朝豪放女」，也像現代勇敢的女性一般，對愛情選擇了「寧可玉碎，不願瓦全」。她以一曲〈白頭吟〉明志，寅夜離家，放棄已變心變質的男人。

當主僕二人，中秋夜離家，跋涉荒野時，卓文君說：「**雖然，茫茫天地，風寒露重；但是，明月依舊，朗照乾坤，我就不相信，天地之大，無一真情之所、無文君容身之處！**」頗能以代表自古以來，堅強女性的心志。

愛情——當然是本劇的主樑。友情與親情——則是夾輔的支柱。

讓司馬相如脫離貧困、平步青雲的兩大貴人：縣令王吉、狗太監楊得意。特別選擇用丑腳來演出，除了穿針引線推展劇情之外，也希望借用插科打諢的戲謔感，把患難相助、成人之美的深刻友誼，輕鬆又自然的呈現出來。

貼身婢女翠兒，時而嬌憨、時而圓熟，也是重要的甘草型人物，她與卓文君名為主僕，其實親如姐妹。二人的不離不棄、憂歡與共，當然是「親情」的重頭戲之一。

卓王孫一向以富戶、嚴父的姿態，輕淡的出現於傳統戲曲中。本劇則用大段的唱詞、激烈的對白與身段，讓老成持重的父親、叛逆成性的女兒，產生衝突性的互動。例如：聞知女兒寅夜私奔時，老父氣得七竅冒煙，唱了絕情之誓：「**……是可忍來孰不忍？從此不准進家門。不分童僕不分銀，看你赤貧不赤貧！**」但一唱完，卻轉身落淚，發出：「**夜半思女情難禁，老淚縱橫自沾襟**」的悲鳴。當卓文君走投無路，膝行跪求老父原諒時，卓王孫老淚縱橫的唱：「**爹爹視妳掌上珠，哪堪一去音杳無。日夜悲涼徒自苦，五味雜陳意難舒。横心絕情杜門戶，看妳是否悔當初？妳今胼手當酒鑪，應知私奔是愚駑。……**」現代男人視女兒為「前世的情人」，卓王孫對女兒的疼惜、對「女婿騙子」的敵意與醋勁，古人不遜於今人呀！

回首編劇時，廣讀大量文獻、揣摩前人著作、再苦思通幽別徑，雖然苦頭不少、考驗不小、成果也有待檢驗；但是，創作中自有真心真趣，瓊玲樂在其中矣！

二〇一八年九月二十五日王瓊玲序

人物表

一、司馬相如（生）：歷史上，文武雙能的一代才子；現實中，卻只是尋常的男人。人窮時志短，富貴時見異思遷，緊張心虛時說話會結巴；中年後，還罹患消渴症，需妻子服侍病榻。但病一好轉，又想納茂陵女為妾。集凡人之七情六慾於一身。但能體貼卓文君對他無悔的愛情。

二、卓文君（旦）：堪稱「漢朝豪放女」，耐得住貧苦，識得清富貴，不屈從於禮教，一生不做假，不虛妄，不妥協。追求愛情，勇敢果決，一往而深。

三、王吉（丑）：司馬相如好友，上任臨邛縣縣令。個性滑稽，足智多謀。三番兩次，幫助司馬相如脫離貧困，使其平步青雲。

四、楊得意（丑）：司馬相如同鄉好友，入京任職「狗監」，推薦司馬相如入京見漢武帝，又陪其富貴歸故鄉。

五、翠兒（花旦）：卓文君之貼身婢女，活潑俏麗。忠心護主。

六、卓王孫（老生）：卓文君之父，臨邛縣之首富。趨炎附勢。愛女，也愛面子。

七、三惡少：惡劣狂妄，鄉里間欺侮百性之潑皮型人物。

八、其他：富人、鄉民、侍衛、兵士等數人。

（幕開，燈亮，投影山水、仕女、書生、才子佳人、家庭團圓、兒孫繞膝等影像，鋪述本劇氛圍）

開場曲：【人間夫妻】

幕後唱：

（合）一見傾心感自天，

（合）三生石上註姻緣。

（女）同甘同苦同悲喜，

（男）相賞相欣相顧憐。

（女）儷影成雙真幸福，

（男）恩情美滿即神仙。

（合）琴音挑撥凰奔鳳，

（合）譜入皮黃徹管絃。

一 好友提攜

（幕開，燈亮。春日旅途郊野景）

（二丑：楊得意太監裝、王吉縣令裝上場，輪唱兼插科打諢）

王　吉（唱）：龍困淺灘遭蝦戲，

楊得意（唱）：虎落平陽被犬欺。

王　吉（唱）：得勢貍貓兇似虎，

楊得意（唱）：落毛鳳凰不如雞。

王　吉：阿——哈！我說兄弟楊得意呀！你這一身裝扮，是要幹啥的呀？

楊得意：太——監——唄！上京入宮，當皇上的奴才去哪！

王　吉：喔——（打量王吉全身上下）所以，你不是「落毛鳳凰」，是「去勢公雞」囉！

楊得意：這、這、這！唉！

（念數板）楊得意，不得意！

挨一刀，痛到骨髓裡，
瞪眼、咬牙、喘大氣，
嘿！呼！嘿！呼！
嘿！嘿！又呼！呼！
啊——
哭爹喊娘，兩頰淚淋漓，
血滴滴搭搭！搭搭滴滴，我大哭又大啼，
最懷念，跟隨我多年的「小——兄——弟」！

王　吉：哎呦呦！Say~~good-bye，一去不可再。你就別再懷念你的「小兄弟」了！我說楊得意呀！沒事，幹嘛去挨這痛死人的刀？你又不是未來的太史公司馬遷，需要寫那本——那本《史記》！

楊得意：我大漢建朝，文景之後，已登太平盛世。三千佳麗滿宮廷，珍禽異獸充苑囿。當今聖上呀！喜歡養哈巴狗、大猛犬、小西施、吉娃娃、臘腸狗（隨著狗的名稱，模仿其長相、動作），當然就需要我這樣的「養——狗——達——人」：「狗監」囉！

王　吉：呦~~呦~~呦~~原來是要入宮，去當狗太監呀！可越說越上頭上臉來了。你呦！貨真價實，活脫脫是個「狗奴才」！

楊得意：錯！不是「狗奴才」，要叫我一聲「恭——親——王」。

王　吉：咦！是哪一朝？哪一代？哪門子的「恭親王」呀？

楊得意：我呀！天天親自侍候狗王、狗后出恭，不叫「恭親王」，叫啥呀？

王　吉：（對觀眾）哈！瞧他那副德性！

楊得意：我說兄弟王吉呀！你這一身打扮，可風光得緊咧！

王　吉：那可不？（大搖大擺，威風走幾步路）「得勢貍貓兇似虎」呀！（裝老虎吼樣）

楊得意：果然是小人得志！王吉，你到哪兒上任去呀？

王　吉：臨邛縣，去當縣令大老爺！

楊得意：那準完蛋，「零窮」！一整個縣「又零又窮」。哈！做官準沒油水撈，還不如學我當太監。

王　吉：嘿！那你可大錯特錯了

（念數板）

臨邛縣，大戶無數

家家數百奴僕

卓王孫，是大腕首富，

腰纏萬貫，財大又氣粗。

臨邛「哈秋！」，打個小噴嚏，

商場股票就開高走低、走低開高，

慘綠長紅，長紅慘綠……
震盪起伏，彎彎曲曲呀！彎彎曲曲。

楊得意：好了！好了！別淨瞎說胡鬧了。咱們一起穿開襠褲長大的好兄弟——司馬相如，長卿兄，約好了，他怎麼還不來呀？

王　吉：說真格的，咱們這文武全才的司馬兄弟，才真的是「龍困淺灘」、「虎落平陽」呀！

楊得意：唉！是呀！兄弟有難，咱倆可要拔刀相助哩！

王　吉：對！對！對！總算講點人話了，咱們等著他吧！

楊得意：等著他吧！

（二人後站，司馬相如儒服方巾上）

司馬相如（白）：想俺司馬相如呵～～

（唱）：文韜武略兩相可，
平生意氣壯山河。
擊劍直教豺狼躲，
辭章振筆捲風波。

帶白：可歎呀！先帝重、重武不重文呵！拜我

（唱）：「武騎常侍」無成果，
驅前追後似囉嘍。
有志難伸苦難過，
日居月諸自磋跎。
一貧如洗遭輕薄，
流離困頓淚婆娑。

王吉、楊得意：長卿兄，請了！

（王吉、楊得意上前，施禮）

司馬相如：王兄、楊兄請了！

（唱）：見故友，各奔前程，康莊遼闊。
思我身，徒蕭索，哪堪磨陀！

楊得意：長卿兄，別灰心喪氣，好漢不怕運來磨。這回，我進京去，一有契機，立刻向當今聖上舉薦您。
您文才蓋世呀！

王　吉：嘿！楊得意說的是「長——程——計——劃」，得慢慢來……

司馬相如：（輕微結巴）唉！這光、光陰似箭，歲月如梭，怎好再、再耽誤蹉、蹉跎？

楊得意：我說兄弟呀！說話做事，可都不能急的呀！（背躬，向觀眾）可憐吻！我這兄弟，平時還好，但只要一緊張，這大舌頭、說話結巴的老毛病就犯了。

王　吉：所以嘛！我早就「超前部署」，設計好「近程計劃」，包管讓長卿兄大鳴大發。不過！這齣好戲，先保密，先保密！總之，耍些小手段，為了西蜀第一才子，我王吉頸可斷、血可流，絕不讓你貧苦到白頭。走！司馬才子，隨我臨邛縣，上任去。一切就看我的了。

楊得意：兄弟！好樣的。王吉，你就好好打點，讓司馬兄弟先有名頭。我宮廷裡去，好好周旋周旋！有朝一日，定要讓司馬長卿，化身矯龍，一飛衝天。

司馬相如：多謝二位好友提攜成全。

王吉、楊得意：好說！好說！

王　吉：（私下湊近楊得意）嘿！兄弟，你可知道，咱們倆聯手，開創了兩千年後的一門偉大行業。

楊得意：啥子行業？

王　吉：經紀公司呀！咱們倆善長吹捧、推銷人才，是「經紀人」這行業的開山祖師爺哪！

（二人得意大笑！相如微罔）

司馬相如：楊兄，珍重！後會有期，我隨王兄臨邛縣去也！

王得意：王吉，好生照顧咱西蜀第一才子。長卿兄：珍重！珍重！後會有期。

（燈暗）

二 琴心挑撥

（幕開，燈亮。卓文君閨房景，擺琴，雅緻，有書卷味。卓文君素服，手持帛書卷，沉醉吟誦狀。婢女翠兒喜孜孜急進場，欲言又止，別有打算模樣。）

翠　兒：小姐，您手上端著司馬相如這篇文章，嘴裡吟吟哦哦，已經好幾天了。怎的，它有啥好？怎讓您茶不思、飯不想？簡直瘋魔了呀！

文　君：欸～～這是人間好文章呀！來，來！翠兒妳聽：

文　君：（以楚古調吟唱。字幕打：〈子虛賦〉。與翠兒同做身段）

楚有七澤，雲夢者，方九百里。
其中有山，上干青雲，下屬江河。
緣以大江，限以巫山，
眾物居之，不可勝圖。

（白）：好個西蜀第一才子，好一篇磅礡壯闊的〈子虛賦〉呀！

翠　兒：小姐，您慧眼高人一等，認定誰是才子，他就是才子。

文　君：翠兒，你再瞧瞧，他〈子虛賦〉裡，還寫那鄭國美人哪——

（唱）：鄭女曼姬豔無匹，
　　綷絹裁裙縐作衣。
　　長袪飄揚撫蘭蕙，
　　青鬢鴛鴦蓮步移。
　　含情脈脈空凝睇，
　　為誰惆悵盼佳期。

翠　兒：唉！鄭國女，如此打扮、如此嬌媚，才真正不負青春好年華。可是，小姐您何時？何時，才能除去這一身素服重孝呀？

文　君：翠兒，你聽：楚王還與鄭女，同遊蕙圃，一起射箭打獵呀！

（唱）：楚王鄭女手相攜，
　　勁裝狩獵赫威儀。
　　擬金伐鼓震千里，
　　走獸飛禽驚已遲。

翠帷重疊浮文鷁，
雲夢大澤魚龍啼。
楚王得意鄭姬喜，
相依相顧笑微微。

翠　兒：哎呀！楚王與鄭女，儷影成雙，同遊同獵。小姐，您才剛剛新婚，便遭逢不幸，回娘家寡居。形單影隻的，真真替您心酸呀！

文　君：翠兒呀！楚王與鄭女，獵罷歸來，還共赴雲陽之臺同享夫妻之樂呢！

（唱）：陽臺同赴鴛鴦戲，
雲夢歸來共旖旎。
此刻恩情濃似蜜，
文君魂魄黯支離！

翠　兒：我的好小姐，您就別「魂魄黯支離」了。今天，翠兒我，可是有天大地大的好消息，要告訴您。包管您，心頭噗咚咚跳，小鹿亂撞，雀躍不已。

文　君：唉！罷了！新寡之人，心如止水，萬事不關心。妳休說！我不想聽。

翠　兒：當真休說？
文　君：休說！
翠　兒：當真不聽？
文　君：不聽！
翠　兒：好吧！啊！司馬相如，司馬才子呀！算你時運不濟，好不容易來到了咱們臨邛縣……
文　君：怎地？他、他……他司馬長卿，來到了咱臨邛縣！
翠　兒：咦！小姐，您不是要我休說？
文　君：是呀！休說！我不聽。
翠　兒：哎呀呀！司馬長卿，大才子呀！您雖然到了咱們臨邛縣……
文　君：說過了！
翠　兒：您不是不聽麼？
文　君：誰希罕聽呀！
翠　兒（唱）：
　　臨邛貴客字長卿，
　風塵僕僕駐「都亭」。
王吉走馬新縣令，

推崇仰望慕高名。
款待殷勤畢恭敬，
引來富紳皆大驚。
爭相設饌爭延請，
車駕喧囂鬧滿庭。

文　君：是呀！才子駕臨，臨邛舉縣生輝哪！

翠　兒：王吉縣令，對著司馬大才子跟前跟後、俯首貼耳搖尾巴，討好巴結的模樣兒，可真是狗裡狗氣的，不輸咱家看門的那幾隻小白、小花或大黃哪！

（文君噗嗤一笑）

翠　兒：咦！不聽？怎笑著呢？

文　君：唔～～翠兒，妳說了半天、唱了半天，最後是哪家請了去？

翠　兒：小姐，妳說，會是哪家勢頭最大？

文　君：是我爹爹？難道不是我爹爹？

翠　兒：是了，被小姐猜著了！我家卓王孫老爺，大張旗鼓，邀請司馬才子，來咱們府邸，當首席貴賓哪！

文　君：啊！翠兒，何時設宴？宴設何地？

翠　兒：（學文君）唉！罷了！新寡之人，心如止水，萬事不關心……。

文　君：好丫頭，妳就別逗我、笑我了，快快說來！

翠　兒：瞧小姐心急似的。好吧！就在今午，設宴正廳，陪賓百餘人。

文　君：啥！今午設宴？現在，早已過了午時，想必宴席已罷，賓客盡散！啊！司馬相如！長卿才子呀！你我近在咫尺，卻是無緣相見，怎不令人傷悲呀！（哭介）

翠　兒：呦～～別急，你的那位長卿才子，可跩得很，託言生病，不來赴宴。王吉縣令等了老半天，一口酒也不敢喝、一筷子也不肯挾。末了，還是縣太爺出馬恭迎，司馬才子才肯上路。這會兒，應該快大駕光臨了。

文　君：如此……喔！司馬長卿，你我畢竟有緣。可是……新寡之人，如何與你相見呀？

翠　兒：小姐，別忙！那王吉縣令還特別交待：司馬才子妙解音律，宴罷，必撫琴一曲，以抒心志。咱卓家是暴發戶，沒啥文化（噗嗤偷笑），上上下下，就小姐房中有把好琴。所以，暗地裡，要向小姐借琴一用呢！

文　君：（惺惺做態）欸～～閨房內，彈撫親密之物，怎能外借男子？

翠　兒：真不借？（逗弄文君）

文　君：不借！

翠　兒：不後悔？

文　君：不後悔！

翠　兒：好！那簡單，我這就去回絕了，說咱文君小姐「不——借——琴！」

文　君：翠兒！翠兒！

翠　兒：怎麼著！

文　君：爹爹的首席貴賓，又是知音之人，就借、借他吧！（羞又喜）

翠　兒：就是說唄！一切聽我的，翠兒包管讓小姐見著、看著、聽著您的那個「心——上——人」！

（燈暗，換廳堂景）

（燈微亮，相如穿華服，乘軒車，王吉恭謹行古禮：負弓矢，執掃帚，率兵丁數人開道。眾起立恭迎，卓王孫導引入座。）

（頂燈追、照，文君由翠兒領著，悄行至屏風後。）

文　君（唱）：

玉樓高鎖深深院，
喪夫寡居負華年。
心儀才子無由見，
潛行隱避畫屏間。
華堂布列珍饈宴，
賓客揖讓互周旋。
咫尺真個天涯遠，
看他器宇自英賢。

裙裾輕擺訴情願，
隨風飄蕩郎君前。

（屏風處燈暗，廳堂燈全亮，卓王孫起立舉酒）

卓王孫：長卿先生，今日大駕光臨，頓覺蓬蓽生輝。小人卓王孫，率領臨邛仕紳，謹向長卿先生及縣令太爺，舉觥致敬。獻此春酒，以介眉壽。

王　吉：司馬先生，名滿天下，〈子虛〉一賦，撼動文壇，人人傳誦。臨邛一縣，必因先生之駕臨而名留千古。哈哈哈哈！

卓王孫：是呀！是呀！臨邛縣與有榮焉！與有榮焉！今日薄酒宴貴客，不醉不歸！不醉不歸！

眾　人：感謝司馬先生、感謝縣令老爺！

（主人賓客等相為酬酢）

王　吉：司馬先生除了辭賦之美，天下無雙外，尚有另一絕藝，不輕顯露。今日，酒酣耳熱，賓客盡歡，就敦請先生，撫琴一曲，以奉清聽。

（相如推辭，眾人恭請。相如前行至琴前）

相　如（背躬唱）：

坎坷仕途愁似海，

知交費力巧安排。
盛情雖美愧心在，
貧賤逼人亦可哀。
通曉音律知天籟，
名琴本自美裙釵。
佳人隱匿屏風外，
求凰一曲述心懷。

（相如坐下，撫琴，琴聲叮咚漸響）

（舞臺燈漸暗，只留琴桌及屏風二光區，屏風後，文君影子隨相如歌聲翩翩而舞）

（字幕打出：司馬相如〈鳳求凰〉原詩）

相如（唱）：

鳳兮鳳兮歸故鄉，
遨遊四海求其凰，
時未遇兮無所將，
何悟今夕昇斯堂，

有豔淑女在閨房，
室邇人遐毒我腸，
何緣交頸為鴛鴦，
胡頡頏兮共翱翔。
鳳兮鳳兮從我棲，
中夜相從別有誰。
雙翼俱起翻高飛，
無感我思使余悲。

（唱完，餘音時，屏風燈區漸暗，文君暗下場。舞台燈亮，眾人喝采不止）

（燈再漸暗，頂燈集中相如身上）

相如（吟）：鳳兮鳳兮歸故鄉，遨遊四海求其凰，求其凰……

（燈漸全暗）

三　夜奔相如

（燈亮，荒野景）

（文君披風行旅裝扮，翠兒肩一細軟包袱。相扶持。）

文君與翠兒（輪唱）：

翠　兒（唱）：出閨房，潛深巷，步步驚魂意慌慌。

文　君（唱）：曲中音，仔細想，怎能辜負鳳求凰。

翠　兒（唱）：背爹娘，棄嬌養，小姐行事真魯莽。

文　君（唱）：初嫁已悵惘，今隨命運自主張。

翠　兒（唱）：她運坎坷夫喪亡，回門守寡實堪傷。

文　君（唱）：今再嫁，惟所望，不羞不愧不徬徨。

翠兒、文君（合唱）：「都亭」路，在前方，主僕奔波夜未央，

她（我）癡情，我（她）義仗，

哪管途程盡風霜！

（兩人做黑夜潛行，翠兒擔驚受怕，文君反而勇敢無畏等身段，下場）

（換都亭景）

（司馬相如獨徘徊）

相如（唱）：

琴心一曲表衷腸，
輕揉慢捻寄宮商。
聲聲撩撥低低唱，
盼知音　越禮出樊牆。
琴瑟合響都亭夜，
花好月圓自生香。

（文君、翠兒行至都亭）

翠兒：司馬相公，我家文君小姐，赴約來也！

（相如做驚喜狀）

相如：啊！文、文君小姐來了，真是知己！真是知、知音呀！（心急，稍有結巴）

（續唱）：謝知音，披星月，踏露來訪。
今生裡，定不負，山高水長。

（文君相如相見，執手深情對望，輪唱。翠兒暗下。）

文君（唱）：執手相看淚盈盈。

相如（唱）：憐卿衩襪步棘荊。

文君（唱）：愛你才高風騷領。

相如（唱）：憐卿豪放更娉婷。

文君（唱）：我不惜，違禮俗，更悖貞潔性。

相如（唱）：卿與我，共譜那，千秋萬古情。

文君、相如（合唱）：卿與我，共譜那，千秋萬古情。

（燈漸昏黃）

（文君相如相擁，做身心相許的身段。）

（燈稍轉亮）

（翠兒暗上）

翠兒：司馬姑爺，這都亭，雖然可暫住，卻不能久居。如何是好？

相如：是！是！是！小姐是千、千金之軀，都亭非久居之地，實實太委屈了，這、這……便如何是好？

文君：郎君，不如返回成都故里吧！

翠兒：那就趁天色未曉，速速離開，以免老爺前來阻擋。

相如：事、事不宜遲，那就啟、啟行吧！

（三人遶場行介）

文君（唱）：為避爹親逢震怒，
匆匆行色返成都。

帶白：從此呀！

（唱）：郎君振筆吟辭賦，
文君畫眉入時無。
空山蜀地多靈雨，
澆溉心田嫩似酥。
和鳴琴瑟奏堂廡，
相欣相賞笑相呼。

相如（唱）：

此去前程多險阻，
可憐壯志尚難舒。
卻喜佳人為伴侶，
且消塊壘暫歡娛。

帶白：但此後呀！

（唱）：一貧如洗擔辛苦，
怎對嬌娘說本初？
進退失據只悽楚，
獨自嗟來獨自吁。

文　君：郎君，請勿嗟歎，你我既已破門出戶，豈有回頭之理。郎君文才縱橫，日後必然大有可為，絕非池中之物。何況，不管郎君是貧是富、是貴是賤，你我都要相契相攜，天涯海角，不離不棄。

相　如：多謝小姐倚重，相如肝腦塗、塗地，無以報答。

翠　兒：小姐、姑爺，趕路要緊，須防老爺追上來呀，加緊腳步吧！

（三人相偕下場）

（舞臺燈暗，一頂燈獨照卓王孫，吹鬍子瞪眼睛，渾身顫抖，做盛怒狀！）

卓王孫：家門不幸，新寡之女私奔。我卓王孫，顏面掃地，真真氣煞我也！氣煞我也！司馬相如呀！你誘拐我女。他日相見，必羞辱你，必讓你跪地討饒，才消我胸中這惡氣。你真是「文人無行」呀！唉！女兒不孝，妳既不顧爹娘，我這為父的，也就吃了秤鉈，鐵了心，不給一份妝奩，不分一毫錢財，讓妳終身貧賤。

（唱）：

失顏失面胸似焚，
新寡嬌女卻私奔。
卓家聲譽全丟盡，
貽羞貽笑播四鄰。
是可忍來孰不忍，
從此不准進家門。
不分童僕不分銀，
看你赤貧不赤貧。

帶白：唉呀呀！可恨、可歎、可憐呀

（唱）：夜半思女情難禁，
老淚縱橫自沾襟。

（燈暗）

四　金釵換酒

（燈緩亮，換司馬相如家中，貧寒景）

（翠兒上，一手搭一錦衾，一手提酒。）

翠　兒（唱）：

臨邛首富千金女，
顛沛流離到蜀西。
風流才子出生地，
家徒四壁亦難棲。
中秋佳節月圓美，
無酒焉能共澄輝。
小姐拔釵做筵席，
典來玉饌與新醅。

（入戶，光區亮，相如文君在房）

相　如：啊！今日中秋，月圓人團圓，如此良辰美景，怎可辜負？翠兒呀！我要你拿我的傳家寶物「鷫鸘裘」去典當，換美酒回來，我與文君好賞明月、相對酌，怎麼還、還不去呀！

翠　兒：去了呀！酒也買回來了（放酒桌上）

相　如：那「鷫鸘裘」，怎麼還在妳手上？

翠　兒：是小姐她……

相　如：小姐她如何？

翠　兒：小姐她、她……唉！姑爺，您自己問她吧！

文　君：夫君呀！（接捧「鷫鸘裘」）

（唱）：

細觀寶物鷫鸘裘，
金線翠翎壓絲綢。
先人巧手勤縫繡，
子孫代代享溫柔。
風雨如晦雞膠膠，
既見君子胡不瘳。
關關雎鳩在河洲，

窈窕淑女言好逑。
有幸得為君佳偶，
三生石上賜福庥。
家傳豈落他人手，
鸘鷫焉可蒙慚羞。
金釵拔下換美酒，
與君對月好相酬。

相　如：啊！文君，我的好賢妻呀！

（唱）：

感卿情意感卿恩，
情到深時意彌真。
金釵本為耀蟬鬢，
拔去橫生數朵雲。
今宵美酒飲明月，
與卿真是死生親。

（二人欣喜對酌，相如忽地出神定睛細看文君，文君略感詫異）

文　君（白）：夫君，你怎麼了？

相　如（白）：唉呀！酒意映頰光，嬌美千般樣，文君妳呵～～

（唱）：春凝玉頰芙蓉樣，
肌柔膚膩翠山長。
不為持家苦難掌，
減損天姿國色香。

相　如（白）：只是委屈娘子了！我司馬相如，空能舞文弄墨，卻無以謀生，供養嬌妻。為了中秋小酌，竟使賢妻典當金釵，我、我著實慚愧、著實慚愧呀！

翠　兒：姑爺，別光慚愧，總得好好想個辦法。咱家卓王孫老爺，家財萬貫，卻讓姑娘、姑爺，拔金釵、典鷫鸘裘，中秋才能喝點小酒，這、這……這也太悲情了吧！

文　君：翠兒，休得胡鬧，一邊兒去！（翠兒俏皮樣，下場）夫君呀！

（唱）：
家徒四壁志頹喪，

秋風桐葉奏淒涼。
明月照床光寒愴，
此時此際倍思鄉。

相　如：啊！娘子，既是如此，咱們再回臨邛縣，一來，安慰妳思鄉思親之苦；二來，我那好友王吉，足智多謀，或許可為你我夫妻，找出一條生路來！

文　君：如此甚好！翠兒呀！

（翠兒上場，身揹包袱雨傘等，為相如披上鷫鸘裘，替文君圍上披風）

翠　兒：來了！不只來了！也都準備好了。（對觀眾）這年頭，當個貼身丫鬟，侍候主子，哪是容易的事呀！

相　如：事不宜遲，即刻上路。

（舞臺燈漸暗）

（一頂燈照三人，走圓場）

文　君（唱）：戴月披星踏歸路，
臨邛倦鳥意躊躇。
敢問新寡私奔女，

猶是爹娘掌中珠？

（燈亮，換昇仙橋）

翠　兒：小姐，姑爺，前方就是昇仙橋了。

相　如：啊！大丈夫困頓至此，不題字明志，無以警惕自己、安慰佳人。好！待我司馬相如，題——橋——立——誓。

翠　兒：（呈筆墨）姑爺！筆墨在此！

（背躬對觀眾說）說我是最好的貼身秘書、全職助理，你們相信了唄！

相　如（唱）：書生窘困苦潦倒，
感卿不棄共煎熬。
金鯉一旦龍門跳，
際會風雲上九霄。
不駕高車駟馬道，
長卿不過「昇仙橋」。

（相如題字於橋柱）

（燈漸全暗）

中場休息

五　文君當鑪

（前燈漸亮，酒肆當後景）

（三惡少出場。插科打諢，念數板）

惡少甲：生大氣、沒天理。臨邛縣，古裡古怪沒道義。

惡少乙：唉呀呀！怎搞地？咬牙切齒，手捶胸膛腳頓地！

惡少丙：他呀！專找碴，愛打架。翻天覆地，天下無敵。

惡少甲：卓文君，臨邛美女排第一。出嫁新寡，轉回娘家去，饞死咱們這群小潑皮。

惡少乙：新縣令，名王吉，兩手玩詐欺。瞞天又騙地，可惡至極。

惡少丙：是呀！王吉耍心機、設騙局，安排司馬相如，拐走咱們的大美女。

惡少甲：拐美女，私奔去，偏偏家窮徒四壁。挾尾巴，逃回咱們的鄉里。

惡少乙：卓王孫，大款兼大腕，顏面全掃地。不給一分錢，不認女兒，不要女婿。

惡少丙：死王吉，設詭計，出錢又出力。文君相如小夫妻，開個酒館鬧市裡。

惡少甲：司馬相如伊，身穿犢鼻褲，鍋碗瓢盆，當街就刷洗。

三　人：刷呀刷、洗呀洗（三人做刷洗的滑稽動作），洗洗刷刷，刷刷洗洗，唉～～斯文全掃地。

惡少乙：卓文君，大美女，溫柔美貌嬌滴滴。竟落得，當鑪溫酒，忙東又忙西。

惡少丙：喔～～文君，拋頭露面，大好良機，怎能白白放棄。

三　人：癩蝦蟆，也妄想吃些天鵝屁。走呀～～大步酒館去，聞聞嗅嗅，嗅嗅聞聞，要些小把戲，佔個大便宜。走咧！就快到了

（惡少做滑稽動作，下場）

（酒肆燈區全亮）

（翠兒擦桌抹椅。相如穿犢鼻褌，洗滌器皿。文君當鑪溫酒。酒客三兩錯落店裡。酒客要菜要酒，相如答應，文君奉酒上，如此作繁忙狀。）

（相如、文君輪唱）

相　如（唱）：皂頭巾，犢鼻褌，臨街賣酒。

文　君（唱）：斂長裙，去脂粉，當鑪不羞。

相　如（唱）：大丈夫，識龍蛇，屈伸自守。

文　君（唱）：卓家女，為夫君，同甘共憂。

相　如（唱）：設奇計，謀出路，王吉至友。

文　君（唱）：杜門戶，絕親情，爹怒未休。

相　如（唱）：不日裡，峰迴路，雲轉出岫。

文　君（唱）：必有那，花明柳暗一芳洲。

相如、文君（合唱）：驊騮伏櫪須馳驟，

鳳凰直欲上枝頭。

（文君、相如相顧彼此模樣，不禁一笑，而彼此心安理得。）

（三惡少，進酒肆，開始調戲文君、翠兒，羞辱相如。惡形惡狀）

惡少甲對文君：妳不是咱們縣裡首富的大閨秀嗎？怎地當鑪賣酒？呦、呦、呦～～粗服亂髮，還是不掩國色呀！

惡少乙對翠兒：連妳這小家碧玉也秀色可餐哪！來、來、來！我要妳就夠了。

惡少丙對相如：你初來臨邛縣的威風哪裡去了；你的才高博學，也當不得飯吃來。

三惡少同時對相如：沒出息的「孬」種，養不活自個兒的女人，你羞也不羞？羞也不羞？

相　如：（怒介）大膽惡徒，竟、竟敢來酒肆騷擾。殊不知，我司馬相如是先帝的「武騎常侍」，隨君王，格猛獸，是家常便飯。看我，三兩下，就拿下你們這小毛賊，送去官府治罪。

（相如施展武功，擒拿惡少，押下場。翠兒亦暗下）

（相如整治惡少時，王吉與卓王孫暗入場，觀之。）

王　吉：你自己看唄！卓家千金女，竟然拋頭露面，當鑪溫酒；還被惡少輕薄，看你堂堂臨邛首富：卓王

孫，一張臉要往哪裡擺喔！

卓王孫：羞煞人也！羞煞人也！

王　吉：你再看：你的司馬女婿，雖然時運不濟，但是，文武全才，時來運轉，必是魚躍龍門、鶴鳴九霄的呀！

卓王孫：哼！休提他、不認他！不認他！我卓王孫就算三生不幸，也冒不出這樣的女婿來！竟然拐了我的女兒！啐！

（文君一見父親，跪地，膝行至父前，慟哭）

文　君：爹爹！啊！爹爹！女兒苦也……

文　君（唱）：卓家寧馨掌上珠，
為情奔走天涯路。

卓王孫（唱）：爹爹視妳掌上珠，
哪堪一去音杳無。

文　君（唱）：爹爹一怒全不顧，
淪落街頭當酒鑪。

卓王孫（唱）：日夜悲涼徒自苦，
五味雜陳意難舒。

文　君（唱）：行人簾底見纖足，
　　輕薄難堪有狂徒。
卓王孫（唱）：橫心絕情杜門戶，
　　看妳是否悔當初。
文　君（唱）：須憐幼女失堂廡，
　　步步唯艱思親苦，
　　步步唯艱～～思親苦。
卓王孫（唱）：妳今拚手當酒鑪，
　　應知私奔是愚駑～～是愚駑。
卓王孫（白）：女兒呀！為父怎不心疼妳，淪落一至如此。因為妳，幾個月來，為父羞愧到杜門不出戶。今日，既然被縣令拉來親眼目睹，定要妳丟下司馬相如那廝，隨我回轉家去，莫再如此淒苦！女兒！馬上跟我走，回家去！
（卓王孫做欲強行帶走、文君做嚴厲拒絕等激烈身段）
文　君（唱）：感謝爹爹偏愛憐，
（帶白）：女兒無奈忤逆爹爹呵！

（唱）：不棄夫君自周全，
不背金石堪命蹇，
與夫同甘同苦艱。
自食其力同眷戀，
不訴不求不拖延。
一旦際會風雲轉，
鵬舉翻飛上九天。

卓王孫：啊～～啊～～兒呀！我的心頭肉！何必自苦如此，為父怎能心安呀！

王　吉：這——我倒有兩全齊美的辦法。

卓王孫：縣令老爺，願聞其詳。

王　吉：這個麼——你心疼女兒、不喜女婿。偏偏女婿拐了女兒，女兒跟了女婿。你不要他當你女婿，偏偏你女兒死也要這夫婿，還要這夫婿當你女婿，要你認她的夫婿……。

卓王孫：好了、好了，縣令大老爺，莫要拐彎抹角，快請道重點、道重點……。

王　吉：簡單的說、扼要的講：你——卓王孫，既然是臨邛首富，不如就贈給女兒百位奴僕、豐厚錢財，叫他們一起離開你眼皮，回成都，買田宅，為富人。免得住在這裡，一個穿牛鼻褲、一個當鑪溫酒，丟人又現眼。

卓王孫：啊！也罷！也罷！就遵照縣太爺吧！女兒呀！可要常回來看爹爹呀！

文　君：女兒捨不得離開爹爹！

文　君：啊！啊！爹爹保重！女兒拜別！

卓王孫：唉！兒呀～～

（父女揮淚而別。眾人下。）

（燈暗）

六　文武雙展

（燈大亮）

（臨邛縣令官衙外，蜀太守、縣令、卓王孫等仕紳恭候的排場）

（楊得意先行上場，王吉迎接。）

王　吉：楊得意，兄弟呀！你入宮當狗太監多年了，一向可好？

楊得意：好說！好說！當了皇上身邊的紅人，怎會不好？

王　吉：還會想念跟隨你多年的「小兄弟」不？

楊得意：想！怎能不想呦！但沒了就是沒了，沒法子的呦！好呀！我說王吉老小子，你哪壺不開就偏提哪壺！竟敢嘲笑兄弟我？

王　吉：皇上身邊的大紅人，我就是有十個腦袋瓜子，也不敢嘲笑。何況，您又薦舉了司馬相如，讓他平步青雲。今日，陪他衣錦返鄉，何等風光呀！

楊得意：當然風光呀！皇上不只惜他文才、愛他辭賦；更採其謀略，拜他為中郎將，持節為使，以〈喻巴蜀太守檄〉、〈難蜀父老辭〉，經略西南夷；鑿山通道千餘里，以廣巴蜀之地；贏得卭、筰、冉、駹、斯榆諸部君長，皆來歸順。皇上好不欣悅，賞賜有加，令他榮歸故里。今日駟馬高車，過「昇仙橋」。王然于、壺充國，呂越人三位副使，皆軒車扈從，太守唐蒙，親自郊迎。鼓樂喧天價響，蜀人莫不同感榮寵。王吉縣令，你還不趕緊負弩矢、持掃帚，再度當馬前先驅，開道去呀！

王　吉：是……是……

（司馬相如官袍車駕，卓文君鳳冠霞帔，眾簇擁上。）

相　如（唱）：聖天子，御承平，山河蕩蕩。
稟雄才，行大略，更喜辭章。
感〈子虛〉，怨〈長門〉，〈大人〉嚮往。
蜀相如，何其幸，蒙恩玉堂。
風雲濟會中郎將，
持潔傳檄定諸邦。

（相如攜文君下車介）

文　君（唱）：今日重踏仙橋上，
高車駟馬歸故鄉。
扈從簇擁如天降，
鳳兮凰兮喜相將。

（場上設酒席，相如文君上座，副使、太守、楊得意、王吉並諸部君長序列。）

楊得意：皇上有旨：持節中郎將司馬相如，經略西南夷，大展文武之才，功績顯著。著賜御酒與諸有功及各部君長同慶宴享，諸位大人！舉酒獻壽者！

（場上起立飲酒）

全　體：謝皇上賜酒，萬歲！萬歲！萬萬歲！

太　守：諸部君長感激皇恩浩蕩、節使仁義，特獻歌舞，以佐清歡。歌舞請上。

（歌舞大場面，諸部輪番而上，最後齊上，舞畢而下。）

相　如：殊方異俗，亦自酣歌妙舞，吾皇德被萬邦。吾等生當盛世，好不榮幸也。夫人！今日榮耀，其樂如何？

（文君起立獻酒）

文　君（唱）：夫君豪氣正昂揚，

恰似雲鵬萬里翔。

但願白首相依傍，

恩情莫忘鳳求凰。

（文君相如對飲畢）

相　如：一曲〈鳳求凰〉，堅定良緣，與夫人自是百年相將。

（相如轉向王吉、楊得意）

相　如：相如若無二位兄長提攜，焉有今日！感恩戴德，沒齒不忘。

（唱）：情逾手足多憑仗，
　恩義無價自久長。

（王吉、楊得意同飲畢）

王吉、楊得意：說哪裡的話！說哪裡的話！兄弟你才高識廣，功名擋也擋不住。我倆不過敲敲邊鼓、敲敲邊鼓！

（相如轉向卓王孫，屈躬再拜）

相　如：若如大人寬宏大量，小婿亦無今日。

（相如獻酒卓王孫）

卓王孫：我只恨當時老眼昏花，不及女兒文君慧眼勢得英豪，慚愧呀！慚愧！

文　君：父親大人，女兒女婿都感謝您，更要一輩子孝敬您。讓我們一起回家，報與娘親，闔第同慶呀！

（文君攙扶卓王孫）

楊得意：今日盛會到此，舉酒望闕，謝恩者！

（眾舉酒，山呼萬歲。）

（燈漸暗）

七　白頭之吟

（華麗屋景，掛有鷫鸘裘、擺設古琴、酒器。屋外月圓。翠兒入場。）

（後區以投影或隔紗幕演出司馬相如與卓文君的互動 1.「磨硯侍文」2.「侍疾煎湯」。）

翠　兒：唉！丈夫！丈夫！一丈之內才是夫。我那姑爺呀！人人稱他一代才子，其實跟尋常男子，沒啥兩樣。他呀！平日說話還順暢，但只要一心虛、一慌張，舌頭就打了大結巴，咿咿呀呀，教人難受死了。也難怪當年琴音挑動小姐時，是用唱的不是用說的。因為「唱的比說的好聽嘛！」還有呵！姑爺他呀，文思遲緩，下筆忒慢，往往吟哦哦，磨菇了老半天，還寫不出一個字來，害得小姐她，又磨墨、又安撫、又提靈感的，忙得可累著哪！這幾年，姑爺又患了「消渴症」（字幕：（糖尿病）），男人只要一生病，還不是哼哼唉唉的，要妻子侍候。

（唱）：有誰知，彩筆裡，澀滯苦想。
搔頭顱，挖耳朵，索盡枯腸。
小姐她，相切磋，陪侍芸窗。
有誰知，消渴症，疾病難當。
徹夜裡，三起坐，展轉在床。

小姐她，盡溫柔，煎藥熬湯。

翠　兒：沒想到姑爺他病一好轉，他就癡心妄想，要去納妾，真真氣煞人也！

（後區燈亮，文君華服，愁思狀）

翠　兒：小姐，近日愁眉深鎖，莫非又為了姑爺想娶那個茂陵女子為妾傷心？

文　君：唉！夫君他呀～～！

（唱）：而今彩筆成錦絳，
病體痊癒復安康。
人前伉儷夫妻樣，
才子佳人顯榮光。
人後富貴思無狀，
欲將茂女置新房。
頓覺恩情俱淪喪，
我自苦來自悲傷。

翠　兒：小姐，且莫悲傷！悲傷自苦，於事無補呀！

（相如華服，入場，暗招翠兒）

相　如：翠、翠兒，小、小姐她、她可好？

翠　兒：回姑爺的話，小姐不——好——

相　如：喔！小姐她、她怎地不、不好？

翠　兒：正在傷心呢！

相　如：唉呀呀！今日花、花好月圓，為何傷、傷心？

翠　兒：因為呀！有人變心、負心、沒良心。所以，小姐傷心呀！（生氣，跺腳）

（相如入，尷尬、心虛狀）

相　如：啊！夫人，今日又逢中、中秋，獨坐無、無聊，妳我窗、窗邊賞、賞月。

文　君：是！

（相如、文君輪唱）

相　如（唱）：長空一碧靜無塵，
人月雙圓美眷恩。

文　君（唱）：嫦娥不悔偷靈藥，
棄絕不情不義人。

相　如（唱）：廣寒寂寞無存問，

文　君（唱）：人間夫妻恩無盡，
哪似你我共晨昏。
及到義絕便離分。

相　如：這——啊！夫、夫人，今宵花好月、月圓，你我夫、夫妻，當同樂共歡。（嚐酒介）啊！這、這酒溫、溫得好呀！

翠　兒：是小姐事先下廚，親手為姑爺溫的酒。

文　君：昔日，臨邛酒肆，為妻胼手胝足，當鑪溫酒，練就了一番手藝。今日中秋，再次獻給夫君品嚐，以表不忘患難真情。敢問夫君，為妻手藝，是否已然生疏了。

相　如：夫人手藝如舊，並未、未生疏。（背躬）怎的這中、中秋家宴，頗像高、高祖皇帝的「鴻、鴻門宴」呀！

文　君：啊！翠兒，那邊掛、掛的，可是鷫鸘裘。

翠　兒：小姐，正是鷫鸘裘！

文　君：好在，今日已然富貴，不像當年家徒四壁，必須典當鷫鸘裘，換錢買酒了。翠兒，取下鷫鸘裘藏了去。

翠　兒：是！遵命。看這件鷫鸘裘，越看就越有氣。翠兒我呀！不只藏了去、還要丟了去、燒了去！

相　如：哎呀呀！我司、司馬家傳家舊、舊物，千萬莫要丟、丟了去、燒、燒了去！

翠　兒：若不是當年小姐拔金釵去賣，留下鷫鷞裘，哪還有甚麼傳家舊物？定要丟了去、燒了去！

（相如忙阻擋，二人拉扯狀）

文　君：翠兒，休要胡鬧！

翠　兒：是！（再把鷫鷞裘掛好）

相　如：多、多謝夫人。

文　君：俗話說：「衣不如新，人不如舊」，夫君您，尚且珍惜舊衣，想必更疼惜故人，此是大大美事呀！

相　如：這……是呀！舊衣故人皆、皆是寶，不、不可棄呀！

文　君：知夫莫若妻！正因為夫君念舊惜情，所以，陳皇后幽居冷宮時，夫君為其代寫〈長門賦〉，挽回皇上一片真心。

相　如：是呀！那時，夫人磨墨、我為辭賦，猶記得文句是：

翠　兒：（背躬）呦！一講到文章得意事，這負心人就不結巴了。

（相如、文君以古調吟唱，字幕打出：〈長門賦〉）

相　如（唱）：夫何一佳人兮，形枯槁而獨居。

文　君（唱）：日黃昏而望絕兮，懸明月以自照。

相　如（唱）：左右悲而垂淚兮，涕流離而縱橫。

文　君（唱）：忽寢寐而夢想兮，魄若君之在旁。

相如、文君（唱）：夜漫漫其若歲兮，懷鬱鬱而待曙，
夜漫漫其若歲兮，懷鬱鬱而待曙。

（唱完，文君掩泣，相如尷尬）

翠　兒：昔日陳皇后，受委屈冷落時，有小姐您磨墨、姑爺代寫〈長門賦〉。今日，小姐您受委屈了，難不成，也要那傷妳心的人，為您寫辭賦不成麼？（憤憤不平狀）

文　君：翠兒，休要多嘴！

翠　兒：是！遵命。

相　如：啊！夫人呀！前、前日所提之事，妳意、意下如何？那茂陵女子，貌、貌美如花，窈窕溫柔，納、納為侍妾，與妳相伴，正可解、解你閨房寂、寂寥。

翠　兒：哎呀呀！那件鸘鷞裘，我這就丟了去、燒了去！

文　君：（悲憤，顫抖，再強作鎮定）翠兒，休鬧，暫且退下！

翠　兒：是！（背躬，哭，下場）咿喂～～狠心的負心漢呀！

文　君：事已至此，為妻無言。就依了夫君吧！

相　如：（驚喜，揖謝）那就是答應為夫納妾了？好個文君賢妻呀！

文　君：納妾之前，請為夫君吟唱一曲〈白頭吟〉

文　君：（唱，幕後和聲配唱。字幕打出〈白頭吟〉）

皚如山上雪，皎若雲間月。
聞君有兩意，故來相決絕。
今日斗酒會，明旦溝水頭。
躞蹀御溝上，溝水東西流。

悽悽復悽悽，嫁娶不須啼。
願得一心人，白頭不相離。
竹竿何嫋嫋，魚尾何簁簁！
男兒重意氣，何用錢刀為！

（唱完，悲慟，翠兒暗上場）

相　如：夫人！誤會大了，我無拋棄妳之意呀！

文　君：雖無拋棄之意，卻有變心之實。翠兒，咱們走吧！

翠　兒：小姐！待我去收拾細軟、準備行囊。

文　君：傻翠兒呀！人且不可倚靠了，要那些身外之物做啥？

翠　兒：說得也是！走吧！何須留戀。

（文君、翠兒，不顧同下）

相　如：唉呀呀！（悔悟，醒覺狀）夫人莫走！夫人莫走！夫人！文君！我那情深義、義重的妻呀！長卿錯了，長卿錯、錯了！等我，等等我呀！

（追趕，下場）

（燈暗）

八　人間夫妻

（明月皎潔，文君與翠兒相互扶持，跋涉荒野）

（幕後合唱：字幕打〈卓文君留別司馬相如書〉）

春華競芳，五色凌素，
琴尚在御，而新聲代故！
錦水有鴛，漢宮有水，
彼物而新，嗟世之人兮，瞀於淫而不悟！
朱弦斷，明鏡缺，
朝露晞，芳時歇，
白頭吟，傷離別，努力加餐勿念妾，
錦水湯湯，與君長訣！與君長訣！

翠　兒：小姐！茫茫天地，咱們何去何從，何處容身？

文　君：這——茫茫天地，何去何從、何處容身麼？啊！我也不知不曉呀！

翠　兒：此情此景，好似當年，翠兒與小姐相互扶持，深夜潛行，奔向都亭，去會姑爺的景像。

文　君：啊！人事已全非，全非呀！

（唱）：一曲鳳求凰，挑動情思滿心房，
捨爹娘，寅夜私奔會情郎。
誰料想，富貴雖得暫安享，
卻換得，郎心冶蕩，喜新厭舊棄糟糠。
心志已頹喪、天地復蒼茫，
月昏黃，踽踽悲難當，無處將身藏。
白頭吟，哀聲唱，一啼一誦盡悲涼，
試問人間，可有真情能倚杖？

（陣陣秋風凜烈，二人跋涉艱苦）

翠　兒：小姐，這秋風寒刺骨，令人既傷心又害怕呀！

文　君：翠兒，雖然風寒露重，總還是明月朗照呀！我就不相信，天地之大，無一真情之所、無文君容身之處！

（相如追趕上場）

相　如：夫人、我妻，我妻文君呀！長卿錯了，長卿錯、錯了！

翠　兒：喔！姑爺追上來了！

文　君：善變的薄情郎，莫理他！

（相如追上，苦求文君）

（相如、文君輪唱）

文　君（唱）：得富貴，常驕矜，見異思遷自沉淪。
白頭吟，情意真，聲聲諷誦淚涔涔。

相　如（唱）：心如焚，自悔恨，辜負情義女釵裙。

文　君（唱）：成功名、富貴臻，山盟海誓已埋湮。

相　如（唱）：守誠信，安本分，伉儷同心利斷金，
定不負，拔釵當鑪，煎藥侍病，歷遍苦辛。

（相如做懇求、苦求、哀求等動作。文君做拒絕不理、觸動心絃到故作姿態，由翠兒努力撮合等動作）

翠　兒：小姐，您不是說：「人間夫妻，擾攘鬧難休。床頭吵床尾和嗎？」姑爺也僅這麼一次，您就饒了他吧！

相　如：賢妻，下、下次絕對不敢了，不敢了！

翠兒：呦——還想有下次呀！

相如：（單腳跪地發誓）呀——我司馬相如，今生今世，堅貞如一，此心此情，有如白日。請賢妻隨為夫，返家吧！

文君：啊——也罷！畢竟是「人間夫妻」。翠兒，咱們隨他回去吧！

（幕後重唱開幕曲）

幕後唱：

（合）一見傾心感自天，
（合）三生石上註姻緣。
（女）同甘同苦同悲喜，
（男）相賞相欣相顧憐。
（男）儷影成雙真幸福，
（女）恩情美滿即神仙。
（合）琴音挑撥凰奔鳳，
（合）譜入皮黃徹管絃。

——全劇終——

■凡塵摯愛——王瓊玲劇本集

王瓊玲／著

王瓊玲教授的劇作，心繫臺灣在地鄉土故事，以田野訪查為經、資料收集為緯，創作領域橫跨崑劇、京劇、歌仔戲、客家精緻大戲、現代舞臺劇、電臺廣播劇，皆廣受好評。累積二十幾部作品後，精選五齣新編戲曲劇本匯集出版。

本書收錄：京劇《齊大非偶》，精緻客家大戲《駝背漢與花姑娘》、《一夜新娘一世妻》、《花囤女》，以及歌仔戲《寒水潭春夢》。凝視人物的悲歡、角色的愛恨情仇，展演了複雜多變的人性，以舞臺演繹「凡塵摯愛」。

國家圖書館出版品預行編目資料

人間至情：曾永義、王瓊玲新編劇本集／曾永義,王瓊玲著.－－初版一刷.－－臺北市：三民，2021
面；　公分

ISBN 978-957-14-7279-9（精裝）

854.5　　110013610

人間至情——曾永義、王瓊玲新編劇本集

作　　者	曾永義　王瓊玲
責任編輯	池華茜
美術編輯	杜庭宜
贊助單位	臺北市政府文化局
發 行 人	劉振強
出 版 者	三民書局股份有限公司
地　　址	臺北市復興北路 386 號 (復北門市) 臺北市重慶南路一段 61 號 (重南門市)
電　　話	(02)25006600
網　　址	三民網路書店 https://www.sanmin.com.tw
出版日期	初版一刷 2021 年 11 月
書籍編號	S980201
I S B N	978-957-14-7279-9